张炜中篇系列

护秋之夜

张 炜 / 著

人民文学出版社

图书在版编目（CIP）数据

护秋之夜／张炜著．—北京：人民文学出版社，2018
（张炜中篇系列）
ISBN 978-7-02-014309-2

Ⅰ.①护… Ⅱ.①张… Ⅲ.①中篇小说—小说集—中国—当代 Ⅳ.① I247.5

中国版本图书馆 CIP 数据核字（2018）第 117672 号

责任编辑	李　磊
装帧设计	崔欣晔
责任校对	李晓静
责任印制	王重艺

出版发行	人民文学出版社
社　　址	北京市朝内大街 166 号
邮政编码	100705
网　　址	http://www.rw-cn.com

印　　刷	中煤（北京）印务有限公司
经　　销	全国新华书店等

字　　数	71 千字
开　　本	880 毫米 ×1230 毫米　1/32
印　　张	5.375　插页 2
印　　数	1—5000
版　　次	2018 年 9 月北京第 1 版
印　　次	2018 年 9 月第 1 次印刷

书　　号	978-7-02-014309-2
定　　价	36.00 元

如有印装质量问题，请与本社图书销售中心调换。电话：010-65233595

张 炜

当代作家。山东省栖霞市人,1956年出生于龙口市。1975年开始发表作品。2014年出版《张炜文集》48卷。作品译为英、日、法、韩、德、塞、西、瑞典、俄、阿、土等多种文字。

著有长篇小说《古船》《九月寓言》《刺猬歌》《你在高原》《独药师》《艾约堡秘史》等21部,创作有中篇小说《蘑菇七种》《秋天的思索》等若干。

目 录

护秋之夜 —— 1

附：
齐文化及其他 —— 102

护秋之夜

一

晚霞落进河道里，河水变红了。秋水很盛，涨满起来，反而在缓缓地流着。靠近堤岸的浅滩上，蒲苇和荻草在轻轻摆着。它们密得望不透，随着河道延伸开去，浓绿深远，似河水一般浩浩荡荡。雾幕升起来了，它先是薄薄地挂在苇叶儿上，接着就凝聚起来，成丝成缕地缠绕在树梢上、悬起在河道上，变得厚重了，也变得美丽了。小鸟儿在商量着归巢，喊喊喳喳地叫着。乌鸦每到暮色降临时就感到不安，它们聚在一起，从这棵柳树飞到那棵柳树，在荻草上空一掠而过，像一片黑色的云烟。远处，密密的草丛里传来一声连一声嘶哑的啼叫，那是老野鸡在召唤迟归的儿女。风明显地变得凉爽了，也来得平和了，湿气掺和在风中，从河道的一边吹过来，徐徐飘过彼岸，去滋润堤外那一片茂盛的秋田了。

河边村子里，炊烟升起来，又慢慢融化到上空的雾气中，狗在树边懒散地走着，偶尔吠一声，鸡鹅在鼓噪。米饭的香味很浓。这是一种柔和、悠远的气味，不腻不烈，透着农家的恬然和淳朴，别有一种诱惑力。田里做活的老人、年轻人，甚至跑向村外的鸡鸭鹅狗，都会迎着这种气味走回来。晚餐，一家人坐在一起，每人取一碗饭吃起来，有时从饭桌上取点零食抛到身后——鸡狗们早在那儿期待着呢……的确有迟迟不归的男人和女人。他们恋着自己的土地，蹲到烟棵下、高粱丛里，不停地劳作，让汗水湿掉最后一片衣角。他们听得见庄稼拔节的声音，可是就常常听不见家里人催他们收工的呼唤。

年轻人不愿围在桌上吃饭，这一直是老年人感到苦恼的事情。从长远计，每一顿晚饭都是重要的，它关系到庄稼人的体魄、做活的耐力。一夜的消化充实，第二天的田里功夫就会做出个样子来。可是他们倚仗着年轻、倚仗着人生路途上这段骄傲的时光，全不把老年人的话放在心上。他们往往是随便从饭桌上取块干粮，一边吃就一边走出门去。肩膀上搭着衣服，嘴巴里哼着小调，这是吃饭的样子吗？东一家西一家地串着，每家里都有一两个年轻人在呼应。他们每到这傍晚时分就兴奋起来，不能安安稳稳地坐下来了。他们在商量着、集合着，到河边上去看护自己的秋田。他们出门去的时候常常带着猎枪、棍棒，甚至还牵着狗——护秋自然需要这些东西，可是老年人望着这群走进田野的背影，总是暗暗担心，怕演化出一些什么事情来……

二

种菜园似乎比种庄稼好。

曲有振在河边上经营起一片大菜园，是惹人流过一阵口水的。多好的一片园子啊，说是菜园，其实里边除了黄瓜、韭菜等各种蔬菜，还有葡萄、无花果等。好像好吃的东西他都感兴趣，遇到什么栽种什么，栽种什么就丰收什么。到了秋天，黄瓜还是嫩生生地挂在架子上，黄花儿，白刺儿，像一只只大海参。葡萄紫乌乌的，串穗儿真大，带着天生的一层白粉，在绿叶儿下闪闪露露的，有几分害羞的意味。……各种蔬菜瓜果都长那么好，多少算一桩奇迹。这儿靠近芦青河，浇水方便，于是什么都长得水灵灵的。他和女儿大贞子整天在园里忙碌，很少有歇息的时候。

大贞子累了的时候就唱歌，唱她近来学会的唯一的一首歌：《年轻的朋友来相会》。

曲有振不喜欢任何年轻人到菜园里来。他们进了园子，吃了黄瓜还要吃葡萄，无花果的蕊儿没有红就被扯下来。大贞子只是唱歌："年轻的朋友们，今天来相会……啊，亲爱的朋友们，美好的春光属于谁？"年轻人吃着黄瓜笑，吐着葡萄皮儿笑，这个接唱道："属于我——"那个接唱道："属于你——"曲有振大声喊着:"大贞子!这个菜园属于我的,你给我滚!"大贞子嚷着:"地上不干净,滚脏了衣服……"

菜园当中搭起了一个草铺,晚上看园子用。每个夜晚,曲有振都在铺柱上点起一根艾草火绳,仰面躺在铺子上。他闻着艾草的香气,心里舒坦极了。狗拴在柱子上,只要园子里有一点动静,它就"汪汪"地叫起来。这条狗已经跟了曲有振好多年了,它有一个奇怪的名字,只一个字,叫"哈"!曲有振常常一动不动地躺着,跟黑影里的狗说上一阵话:"哈!你说,你今夜肚子疼吗?老是吵闹!""哈!你饿吗?你不会饿,你白天吃了半个饼子……""哈!没事就不用吵,躺下睡吧!"……

哈很少睡觉,曲有振也很少睡觉。秋夜是不安静的,高粱地边、黄烟垄里,都有人转悠。他们在看护自己的责任田。有的年轻人在午夜里向着草铺子唱歌,那分明是在打菜园的主意。曲有振心里说:"哼哼,口渴吗?芦青河里有的是水!就像馋猫盯着一块咸肉一样,从四下里爬过来……没有办法的。只要有我,有哈,你们就偷不走!"艾草火绳燃完了一根,他又换上一根新的。

有时候,远处燃起一团红红的火焰,那是几个年轻人在煮东西吃。嘴馋的东西!在田间转了大半夜,开始围在一起烧一顿夜餐了。有的从自己的地里掰来几穗玉米;有的挖来几把花生;有的添上几块地瓜……几样东西煮到一起,有一股特别的香味。这种香味被一阵风吹过来,倒也怪好闻的,曲有振总在这时候翻一翻身子,嘴里"哼呀"一阵子。他最近老觉得腿疼,有时睡一夜,早晨两腿反而沉沉的抬不动了。他知道河边水气重,一夜一夜又得不到很好的休息,这腿怕是生出毛病来了。他很想吃一点热东西,可是他没有架小铁锅。

大贞子常常要求来园里守夜,都被曲有振拒绝了。可是她削了一根五尺来长的大木棍,对父亲说:"我来看园子时,就扛上它。我领着哈,不停地沿着园子四边儿巡逻。我才不像你,只躺在铺子里……"

曲有振看到这根木棍就皱眉头。

他还记得一年前的事情。那时候她主动揽下到海滩看野枣的活计,就是拿了这么一根大木棍的。她用它在海滩上扳着荆棵走路,外加防身。有人亲眼见她肩扛木棍,在大海滩上高视阔步,唱着《年轻的朋友来相会》,满海滩问着"美好的春光属于谁?"那真是丢人的日子!游手好闲的队长三来每隔两天就要去检查一次,在树丛里跟着大贞子一颠一颠地走着,一边从地上拣着带虫眼的野枣吃。多少人说她的闲话,她就像没有听见。后来三来被选下来了,做不成队长了,他去海滩上拔猪草,她还帮他捆草捆儿呢!曲有振当时恨不能夺下木棍揍她一顿……

　　大贞子算是有看护东西的经验了。她的木棍削得很光滑。

　　曲有振看着她的木棍喝道:"你又扛起木棍!姑娘家能扛这东西吗?"

　　大贞子说:"怎么就不能?去年我扛着它看野枣,一天挣一天半的工分呢!怎么就不能!……"

　　曲有振气得再不说话,叼着烟袋倚在铺柱上。他把那两条腿活动着,又用拳头捣了两下。这两条讨厌的腿。

　　哈围着大贞子愉快地蹦跳着,它伸出粉红色的舌头舔着大贞子的手,鼻子里发出"呼呼"的声音。

曲有振吸了一会儿烟,嗓音低低地说:"你用心在园里做活吧,看园子不是你做的营生——听见了吗?"

大贞子用木棍狠狠地敲了一下铺柱。她的过于肥胖的圆脸涨得通红,一双眼睛放着恼恨的光,嘴巴噘起,咕哝道:"让园子里的东西都丢光才好!……"

"丢不光的。"

"等着瞧吧!"

"丢不光的。"

曲有振重新装起一锅烟末,大口地吸了起来。他的目光落在四周那一片片的高粱田、地瓜田上。每天夜里,就是在那儿有人游荡,喊喊喳喳说话儿。他们都是年轻的小伙子们,有的是胆气,不一定什么时候就会做出一点事情,曲有振提防的就是他们!他们一群一群在河边上溜达,每人披个蓑衣,困了就地躺下,随便什么时候就回家去的。曲有振甚至怀疑这些精力过剩的家伙是成心要捉弄他的,也许并非真要护秋。

在他这样想着的时候,大贞子扛着木棍走开了。

曲有振看着这片田野,突然发现不远处的一块地瓜田里,有人不知什么时候搭好了一个矮矮的草铺……他心里暗暗吃了一惊:他们要在这河边上度过一个又一个夜晚了,他们成心要让我一夜一夜大睁着眼睛。他们年轻,他们的血液就像芦青河的流水一样,又急又涌。他们不知道疲倦是什么东西!……这个小草铺引得曲有振一次又一次伸长了脖子,仔细地端详着,他发现那铺柱儿虽然不粗,却是直挺挺地竖起,有力地托着一个麦草做的铺顶,就像故意跟他的大草铺子过不去似的……

白天做活的时候,他也常抬头望一眼对面那个新搭的草铺子。

铺子里面似乎总是空的,什么人也没有。这使曲有振觉得有些新奇。他想:草铺子又不是稻草人儿,还用得着扎好了,空空地放在那儿唬人吗?他想搭草铺子的人,或许是脑子有点毛病。

有一天,曲有振和大贞子正在园里做活,一个人无声无息地进了园子。曲有振抬头一看,不禁吃了一惊:村里有名的"老混混"来了!

老混混有四十来岁,穿了一件泛白的旧蓝布衣服,没系扣子,只是用一根草绳儿拦腰一捆,草绳上,插了把铁锈斑斑的韭菜刀子。他背着手走过来,腰微微弯下,闭起一只眼睛,用另一只眼睛用力地瞅着四周的黄瓜和西红柿。"哼、哼"——他嘴里老发出这样的声音。有时他走着走着就站下来,歪着脖子望一望空中,闭一闭眼睛,再往前走几步,一副莫名其妙的样子。他走到近前来,站定了端量着曲有振,大声说一句:"好!"

"嘿嘿……"曲有振笑着,伸手去口袋里掏出烟锅,递过去。

老混混就像没有看见,只把手伸进衣怀的里层,掏出了一盒香烟。他吸着烟,眯着一只眼睛,又大声说一句:"好!"

曲有振把烟杆儿咬进自己嘴里吸着。从老混混掏烟的样子可以看出,他贴近胸口那儿有一个口袋。"奇怪的东西!能在那儿反着缝个口袋!"他心里说道。这会儿他在猜测老混混的来意。

老混混吸着烟,转过头问:"哈呢?"

曲有振用手指一指前面的草铺说:"睡着呢,它看了一夜园子。"

"嗯"。老混混无声地笑了,"你行啊,整这么一片大菜园,养了一条卷毛大猎狗看家,一眨眼成了河边上的首户了!好!"

哈是一条普通的黄狗,哪里是什么"卷毛大猎狗"!曲有振从中听出了讽刺的意味,摇摇头:"用汗珠子换点钱,发不了财的……"

老混混把烟蒂吐到地上说:"你的汗珠子值钱,我的就不值钱。我种那一片地瓜,下力气小吗?我的汗珠子就不值钱。"

曲有振没有吱声。老混混腰里插一把铁锈斑斑的韭菜刀子,虽然不一定能伤人,但也没谁敢招惹他。他拿队里的东西就跟拿自己的差不多,他哪里流过什么汗珠子!包产了,他图省心,种上一片地瓜,从来不耘不锄,如今茅草也有半尺高了。可是他没处拿东西了,虽然腰上还有那把韭菜刀子。……曲有振摇摇头皮,说:"你……地瓜长得……还不错……"

老混混笑了:"哼哼……我要改路子,跟你学种菜园了。那里——"他说着用手一指不远处那个草铺："那就是我搭的，我要跟你学种菜园了……"

曲有振吃了一惊。他这才明白过来：草铺搭在茅草丛生的地瓜田上呀！他连连摇手："不敢不敢，你的功夫深哩，你自己去做吧，你一准发财哩……"

老混混递过去一根香烟："怕个什么？我又不会进园子抢你！我在那边，你在这边，人多势大；夜间也有个帮手。你这园子好东西多，馋死了不偿命——你只知道护秋的人厉害，还不知道河对岸哩。我有个朋友叫三老黑，他说河那岸有群小伙子，几次想过来捣鼓东西哩……"

"咝——"曲有振吸了一口冷气，他问，"怎么……没见来呢？"

"亏了三老黑哩！"老混混竖起一根手指，"我告诉三老黑了，对岸过来一个贼，我就找你三老黑算账！再说——"老混混说着抽出腰里的韭菜刀子掂量着，"他们也怕这东西呀。"

曲有振的眼睛一直瞪得老大，这时懊丧地低下了头。

大贞子正在园子另一边绑葡萄藤蔓,这时转过来,看到了老混混,就大声叫着:"老混混呀!你什么时候过来的?"

老混混点点头:"刚来!刚来!……"

儿女敢于直呼老混混的外号,曲有振多少有点安慰。他嗫嚅着:"你该叫——叔……"

大贞子就像没有听到,只是说道:"这个老混混游手好闲,地瓜田的茅草半尺高了……"

老混混的脸色难看起来,把韭菜刀子"哧"一下插到腰上。

曲有振低头吸着烟,像在沉思着什么,这时突然严厉地板起面孔,指指草铺对大贞子说:

"别在这儿乱打岔子,喂喂哈去!"

三

芦青河的流水声在夜晚显得很响,"呜噜噜,呜噜噜……"像一首低沉的歌。无数片庄稼叶子在秋风里"唰唰"抖着,却怎么也掩不住河水的声音。偶尔有鸟雀在空中尖着嗓子鸣叫,给河边的夜添上一种神秘的色彩。夜露总是很重,它润湿了庄稼叶子,又从叶尖滴落下来,发出一阵细微的、似有似无的淅沥声。

曲有振睡不着,耳边老是鸣响着各种声音。哈在铺柱下躺着,把长长的下巴贴放在两只爪子上,不一会儿就发出"呜呜"的声音。那是一种威胁的声音。曲有振每听到这种声音,就要坐起来,警觉地四下里望一望。园子里很静,似乎并没有什么。四周的旷野里,有人说笑着,走动着。也许哈就是在警告他们吧?

对面的夜色里透出一个红点儿,曲有振知道那是老混混在铺柱上挂起的一根艾草火绳。那个人要正式地在田野里过夜了……这是曲有振特别不高兴的。他觉得对面那个红点儿刺眼极了,每看一眼,就好长时间不舒服。

"啊——啦呀啦——"

有个小伙子在远处唱着。还有什么呼叫的声音听不清,朦朦胧胧的,淡远下去。一切都在告诉这里守夜的人很多。他们同时又可以做贼,这是曲有振再清楚不过的。他就记得自己年轻时候看青,怎样和一群人去偷瓜的。那些不眠的夜晚,他们一伙儿年轻人做下了怎样荒唐的、有趣的事啊,至今想起来都有些脸热,兴奋就像一股热流一样在脉管里涌动着。他熟悉野地里那些声音,他于是就加倍地变得警醒、勤苦,永远睁大那双眼睛。他甚至不相信机敏的哈,在它沉默的时候也坐起来倾听。

对面的草铺里,老混混一边咳嗽一边动手燃起一堆火,在上面烤一个绿色的烟叶。烟叶烤好之后,他又端上了一个小小的铁锅……一会儿铁锅就冒气了,他咳嗽着,嘴里喊:"老有振!老有振!"

曲有振一声不吭,把脸贴在铺席上。

老混混骂了一句什么,走了过来。

曲有振有力地打着鼾。老混混用手指捅捅他说:"装什么样子?走吧,吃煮地瓜去。"曲有振摇摇头:"不了,不了,我……看园子呀!"

老混混把眉头竖起来说:"怎么,瞧不起我怎么的?"

哈在狂怒地吠着。曲有振知道老混混开始摘葡萄了。他的一颗心在疼。

一会儿老混混就回来了,他手里提着几串葡萄,一边用嘴巴去咬,一边说:"老有振真养了条好狗,不愧是卷毛大猎狗,直到真扑过来!我说:'你别咬了,是你家主人派我来的。'它还不信……"

曲有振在心里骂着:"馋东西,哪个才派你去哩!"……

这个夜晚,曲有振觉得晦气极了。他回到草铺时天已经快要亮了,两腿疼得忍不住。眼睛又涩又胀,可是他不敢睡觉。他老想那几串葡萄。

天亮后大贞子来了。他问起老混混的事,曲有振不愿告诉,就说:"他睡他的,我睡我的,管他呢!"

大贞子说:"你睡,你睡得了吗?你一夜也没睡,你的眼睛通红,你说话嗓子也哑了。"

曲有振不说话了。

"还是我来看园子吧,领上邻居家的小霜做伴儿……"

曲有振用手捶打着腿,气哼哼地说:"我就躺在这铺子里,气死那些打鬼主意的东西。我偏不离窝儿,他们就休想下得手——唉唉,庄稼人得点好处,四下里的手就要伸过来了……"

"你如果有个木棍,"大贞子打断了父亲的话,"你就用木棍敲他们的手!手伸到葡萄藤蔓里,一棍!手伸到西红柿架子上,一棍!哈哈哈哈……"她说着说着高兴得大笑起来。

"唉,野性啊,野性!"曲有振在心里叫着。他看着女儿那张胖得圆起来的大脸盘子,摇了摇头。他心里想:你能哩!你的大木棍子连老混混也敲得吗?

两个年轻人从不远处的小路上走过,大贞子看见了,大声喊着:"哎,进来玩啊!三喜!三来!……"

年轻人听见喊声就走了过来。他们进了园子,高兴得什么似的,一迭声地叫着大贞子,仿佛没有看见曲有振一样。

曲有振厌恶这些年轻人,就像厌恶老混混一样。他对其中一个留着分头的小伙子说:"三来,你以后少进这园子吧,我不欢迎——特别是你这个人!"

三来两手抄在衣兜里,左脚有节奏地拍打着地面，说："我又不摘东西！再说，大贞子叫我呀……"

大贞子应声说："是我叫的。"

"我高兴了连你也赶出去。"曲有振冲着女儿咕哝道。

三喜站在一边笑着说："大伯千万别高兴啊。"

年轻人说说笑笑，逗着哈玩。三来将大贞子叫到一边说："你来看园子多好？你爸也老了。人老了就熬不得夜，说出事就出事的——你愿信不信！"大贞子说："他不同意的。我才爱看园了哩！我就愿在外边过夜，月亮底下多有意思！啧啧，他不同意……"

三来走到曲有振身边说："大伯，你就不用来看园子了！"

"让你们把东西都偷光吗？"曲有振惊讶地说。

三来用手将分头抚弄一下，说："我是讲，你把这个任务交给'新的一代'吧！"

"你他妈的真打了个好主意！"曲有振弯腰绑着西红柿架子，眼睛使劲地斜着三来，"你算个什么东西，还'新的一代'哩！你那会儿让大贞子去海滩看野枣，也是'新的一代'吗？……"

三来的脸立刻红了起来。那时候他当队长，大贞子一个人到大海滩上看野枣，他每隔两天就要去"检查"一次工作。有一次他蹲在大贞子身边说话，有一句"下了正道儿"，被她一棍砸在了左拐肘上，至今似乎还在隐隐作疼呢！三来最怕有人提起这段事儿，这会儿就恨恨地说了一句："那会儿我是队长，你还笑眯眯地递给我'大前门'呢！"

曲有振脖子上的青筋暴了起来，大声地骂起了大贞子……

年轻人互相挤着眼睛，走出了园子。大贞子迎着他们的背影唱道："年轻的朋友们，今天来相会！"……

整个一天，曲有振都是闷闷不乐的。他心中焦虑的是对面那个小草铺子——里面的主人又不见了。他想，这个老混混一准是白天出动胡唎唎（听说他正和河西岸的几个朋友做一笔生意呢），晚上找他缠磨的。他也真想离开这个草铺子。可他又不放心。他担心那时候年轻人会一齐拥进园子里把东西吃光。他还担心其他的事情。

这个夜晚,老混混又躺在他的草铺里了。

曲有振一看到夜色里那个红点子,心里就哆嗦了一下。他害怕小草铺的主人再次邀请去吃煮地瓜——那样又要搭上好几串葡萄的。"这个好吃懒做的东西!这个霸道的东西!这个嘴馋的东西……"曲有振一个劲地在心里骂着。他想事情也真是怪呀,就这么巧,偏偏让两块责任田离这么近!

老混混在他的小草铺里翻了个身,嘴里"哼哼呀呀"地叫着,好像十分舒坦。

哈吠了一声,曲有振伸手拍了一下它的头。他不想让它吵醒小草铺里的人,不想让那个人听到它的声音。

大约是半夜时分,小草铺里的人在嘶哑地喊叫了:"老有振——!你睡了吗?"

他当然不敢睡去的。不过他没有做声。

"你他妈的净装睡——我去捅起你来……"

曲有振一声不吭地等着他走过来。可半天了,还不见有人进园子。

住了一会儿,对面的小草铺子突然热闹起来,好像有三五个人围在那儿。小铁锅也架起来了，一会儿就冒出了白气。老混混向这边嚷着："老有振，我们煮鳖吃了——我河西岸的朋友带着鳖来了，还有一瓶大曲酒。你死睡吧，你就没有这份口福！"

曲有振就像没有听见一样。

小草铺跟前，几个人忙忙碌碌地走动着，像在收集柴草。过了一会儿，他们真的喝起了酒，几个人在火光下轮换着将酒瓶对在嘴上。老混混不断嚷着："好酒啊！好酒！……"

直闹腾了好长时间，那些人才离去。火熄灭了，黑影里又剩下了一个红色的点子。

曲有振走下铺子，牵上哈，沿着他的菜园走着。哈有些疲倦，一边走一边打着哈欠，一副蔫蔫的样子。曲有振小声骂着："哼，你个不中用的东西！"虽然这样骂，他自己也感到实在需要睡一觉了。他的两腿直打磕绊。

葡萄的香气在夜间很浓，黄瓜的鲜味儿也闻得见。月亮爬上来，那颜色今夜好像有些红。好大的一个园子啊，园子里什么都长得十分旺盛。露水滴下来,打在另一片叶子上,溅到曲有振的手上。真是长瓜果菜蔬的好地方,夜间的露水抵得上一场小雨了!这片园子去年有一笔好收入,于是曲有振今年狠狠心,将它扩展了近一倍。他料定今年是实实在在发财的一年了。……他对哈说:"哈呀,你看园子有功。卖了葡萄、果子,冬天也就快来了。冬天,你还记得冬天吗?下大雪,大雪把你的窝也蒙住了。我给你买肉骨头啃,你冬天里一准变肥!现在忍忍吧,现在是出大力的时候,你看我夜晚差不多都闭不上一两回眼睛,困呀,累呀,走了这步不想走那步。没有办法,要发财就得吃苦的。还得等冬天吧,冬天来了,让你啃肉骨头……"

哈突然不高兴地"呜"了一声。这使曲有振觉得很奇怪。他转回身子,一动不动地听了一会儿,听到了一阵脚步声。他刚要说话,那边的人在叫了:

"老有振哪!"

他身上哆嗦了一下。

老混混一歪一歪地走了过来,见了曲有振,一屁股坐在了一块木头上:"嘿嘿,好酒!你没有口福,你不去。我那几个朋友全来了,他们是河西岸的。嘿,跟我一样,全是村里的一条汉子。哦呜,嘿嘿,好酒……"

老混混晃晃荡荡地站起来,差点儿栽倒。他扶住一根葡萄桩,顺手摘下一串葡萄吃起来。

曲有振看着这个醉汉,恨不能上前去夺下他手里的葡萄。可他只是默默地垂着两手,紧紧地扯着哈的铁链……这个乡间的"混混",一个人住个小土屋,穷得屋子里光光的,炕上的席子也是半截的。有一次,他对进门探望的驻村干部说:"我在睡'忆苦觉'啊!"村子里的一些地富成分,甚至是富裕中农成分的家庭,常常受到他的突然袭击。他们怕他,有时就偷着送一些酒肉,他也很快就吃光了。驻村干部常常夸他,说他是"阶级觉悟很高的人"。……实行了责任制,再说村里也没有"地主""富农"了,老混混整天骂街。他说:"我饿不死,我还要'吃大户'!……"

曲有振看着他大把地往嘴里塞葡萄,立刻想起这是在"吃大户"!一点火星在眼里迸跳着,可他终于忍住了。

老混混吃足了葡萄,又坐在了那块木头上。他喘息着,端量着曲有振说:"嘿嘿,老有振哪!你摆弄的葡萄真甜,是蜜!怪不得你能发财,你的手艺好啊!你猜我怎么也种菜园了?怎么也学你搭起了草铺?我是想跟你联合承包责任田呢!嘿嘿,老有振啊,联合承包……"

老混混说着站起来,大笑着,摇摇晃晃走出了园子。

曲有振木木地站在那儿。他知道老混混刚刚借着酒力说出了真话!他心里的疑团一下子解开了,一双手不禁颤抖起来……他磕磕绊绊地摸索着回到草铺里,重重地跌在席子上,昏昏迷迷地睡了过去……

大贞子来到园子后,立刻发现父亲病了。她将他搀起来,发现他的腿也不灵便了。她把父亲背回了家里。医生给他看了病,说必须在家里好好静养,那腿需要针灸的……

这一来曲有振不能到菜园里过夜了!大贞子开始还为父亲的病流眼泪,后来被医生宽慰一下,又想到自己能到园里去过夜了,禁不住就笑了。

曲有振躺在老伴烧暖的炕上，看到了女儿圆圆的脸盘上那一丝狡黠的笑容，有些恼怒地吆喝道：

"听着！不准招惹老混混！不能让那些年轻人进园子，要特别提防三来！……"

四

大贞子领着邻居家的小姑娘小霜，扛着五尺长的木棍进了夜间的菜园，哈迎着她们跳起来，表示了最热烈的欢迎。

这个夜晚，满天的繁星亮晶晶的，就像离开地面不很远的样子。天空真清明呀，没一丝云气。空气中，全是令人心醉的香味儿。高粱穗儿、黄烟叶儿、谷子、玉米……所有河边上的稼禾的气味混合在一起，被南风轻轻地播散过来，好闻极了。海浪的声音如今很淡远，它和海滩树林的呼鸣声一起，变得那么深沉厚重。芦青河哗哗流去，它的流动声就显得可以亲近了。它总是奏着河边人最熟悉、最喜欢的调子。

蝈蝈儿无所顾忌地唱着,促织虫们小心翼翼地交谈。远处,那望不透的青纱帐后面,传来一声连一声的吆喝,那是夜里护秋的人们了。

大贞子爬上一棵高高的李子树,四下里望着。她大口地呼吸着,觉得舒服极了。她向着夜色茫茫的田野呼喊起来:

"呃——哎——"

哈在铺柱跟前跳跃着,仿佛也要跟着呼叫。小霜蜷曲在铺子上,高兴地笑着。

大贞子听着田野上的回声,又从胳肢窝里取出木棍,在手里转起了飞花儿。她转了一会儿,才从树上下来。

对面的小草铺刚才还是黑漆漆的,这会儿点起了艾草火绳,有了一个红色的点子。大贞子知道那是老混混,就走了过去。她离着老远就喊了起来:"老混混呀,你来了吗?"

老混混在他的铺子里活动着身子,黑影里看去像一头熊。他应着:"来了。"

"哈哈,你这铺子跟个狗窝一模一样……"大贞子在铺子前面站定了,手里拄着木棍。

老混混可能在放被子,这时拍拍手钻出来,眯起一只眼睛看着大贞子。他说:"你在园里过夜吗?"

"不错。"

"呦——"老混混吸了一口冷气,"了不得!了不得!"

"怎么呢?"

"呦——"老混混用手指指河西岸,"那边有些年轻人,老想摸索过来,弄田里的东西,捎带着也……呦——"

大贞子笑了:"我用棍揍他们!"

"呦——我河西岸有个朋友,也在岸边上搭个铺子看秋,你看,"他说着用手点划着,"那个红点儿,看见了吧?"

大贞子望着,摇摇头。

"就是那里!他叫三老黑,那一身硬功跟少林寺差不多。有一回他惹翻了那群小子,差点儿败在他们手里,费了好大的事儿才让他们归顺——如今算听话了。"老混混说着划火点着了地上一堆麦秸,动手烤一张圆圆的烟叶儿。

"他们听三老黑的,你跟三老黑讲好,他们不就不来了吗?"

老混混卷好一支烟吸着,两臂抱起来说:"咱说不成,人都是见了东西眼红的——你想他们见了好东西,那眼珠儿都是红的,我管得了他们吗?不成不成……"

"我放哈咬他们!"

"哈?抵不得一枪。"

大贞子将手里的木棍舞弄起来,说:"兵来将挡,怕个什么?不怕那些鬼东西!"

老混混把烟从鼻孔里喷出来,鄙夷地看着她说:"你是'将'啊?"

大贞子跺跺脚:"我是穆桂英!"

老混混笑弯了腰,韭菜刀子从捆腰的草绳上掉了下来。大贞子伸手拣起刀子,看着说:"这把破刀子好做什么用?……"老混混听了,一把将刀子夺到手里,严厉地说:

"不准动我的刀子!"

大贞子觉得很有意思。她又玩了一会儿,就牵上哈回菜园去了。

夜里很冷。大贞子和小霜围着被子坐在铺子上。她明白了父亲为什么把腿整坏了。这儿的湿气重,风吹过来,不软不硬,可是就能凉到人的骨头里。在河边护秋真不是老头子做的事情啊!她这时候后悔没能更早一点把父亲换回家去。可是她心里也知道这不怨自己的,怨人信不过她……大贞子想到这里笑了,抱着小霜仰躺下来。

夜深了,各种声音都好像在远处慢慢地消逝着。大贞子觉得在田野里过夜,唯一的缺点就是太孤寂——那些出来护秋的青年们不知转到哪里去了。她想,大家全到一块儿过夜多有趣呀!她就抵挡不住孤寂!

一只大雁在高空里叫了一声。无边的黑暗包围着这声长鸣。把它融化在一片墨色里,显得可怕极了。长鸣之后,一切又都显得愈加沉寂了。仿佛海浪和河涛的声音一下子都退却到非常遥远的地方……眉豆架儿底下有什么小虫虫在爬着,发出"唰啦唰啦"的响声。西红柿棵棵下好像有一只小草獾在吃果子,发出"咯吱咯吱"的声音……"喂喂,哈,你喊一喊!"大贞子把手伸到狗的脊背上,抚摸了一下。

哈不知什么时候睡过去了,这会儿猛然惊醒,在黑影里看着她。

"你喊一喊——"大贞子对着它的脸说。

哈坐下来,头颅高高扬起,警觉地望着前方。

大贞子顺着它的目光看去,立刻望到了一堆红红的火焰。那是燃在小草铺前面的,老混混在火光下忙碌着。他的小铁锅架起来了,锅沿上正冒出白白的热气。他往锅里扔着地瓜,有一次烫了手,放在嘴巴里吮着。……大贞子看着他,心里不明白他为什么一个人睡在野外的草铺里。她不明白这一片长满蒿草的地瓜田有什么好看护的?听说他正试着种秋菜,可秋菜也不到看护的时候啊!不过她又想起了他的那间小土屋、土炕上的半截席子,立刻觉得这小草铺子对他也没有什么不舒坦。

不一会儿老混混就开始吃红薯了。吃过之后,他就倒在铺子里,用手抚摸着肚皮,嘴里"哼哼呀呀"地唱着什么,月亮刚刚要升起,大地上还是昏沉沉的。

一阵懒散的声音在南风里送向均匀处，听来有几分凄凉的意味："……说起我老混混，也是条啊……好呀么好汉子儿！住着小土屋，铺着破席子儿，好酒好肉过一年，断不了吃零嘴儿……"

大贞子听着这断断续续的歌唱，想着他过去的模样儿。

……这真是河边上一个特殊的人物！他从来不在队里做什么重活儿，整天喝得脸色通红。韭菜刀子插在腰上，连村干部也怕他三分。他经常拍着腰里的刀子说："我老混混什么都怕，就是不怕死！有什么事，好说好商量，跟咱来硬的不行！"……"商量"的结果，往往是眼瞅着让他拿走一些东西。有一次他把队里的一根柳木扛走卖了，村干部要罚他，他说："我就是光棍一条，你看着办吧！压制贫农就是压制革命——这可不是我说的！走着瞧哪，让你断子绝孙,草垛起火！……"结果村干部只得不了了之。三来做队长时，常常和他一块儿喝酒，被选下来之后，老混混立刻逼他还五百块钱。三来有口难辩，至今欠着他……

"说起那个人是帅模样,说起那个家来是穷得精光。有心出门去办个嫚,只可惜屋里不存二斗粮……"

老混混又唱了起来。这个调子古里古怪的,大贞子听了觉得十分可笑。她禁不住喊了一声:"老混混!……"

老混混立刻不唱了。停了一会儿,那个小红点子颤了颤,大概是他在用火绳点烟。他吸了一会儿烟,又断断续续地唱起来:

"……十七的夜晚好晴的天,胖乎乎的大妞住对面……一个腰里插刀子,一个大棍扛在肩……"

老混混唱着,词儿都是他胡乱随口编排的。唱到最末两句,他自己也觉得巧妙起来,于是就放声大笑了……

五

第二天,大贞子遇到三喜和三来,立刻问他们为什么不来护秋。三来说:"我的田里和老混混一样,是种了地瓜的,护不护都不要紧——不过我以后每夜都来的。"三喜说:"我不知道你在园子里呀,我以为还是有振叔呀,就没有进园子……"

他们都向大贞子保证:以后每夜都出来护秋。

大贞子高兴极了,说:"哎呀,昨夜里把我孤独的!小霜只知道趴在铺上睡觉,跟没有她一样。一晚上只听老混混瞎唱了……"

他们走后,大贞子回家看了看父亲。他的病好些了,不过医生说还必须在家养一养。他问起了园里的事,大贞子说:"你放心在家里吧!那边挺好的——哈也好,小霜也听话,老混混再不敢进园子。"对最末一句话,曲有振感到特别欣慰。他想世上事,一物降一物,老混混就是怕大贞子!他想只要大贞子在,老混混也许就不敢去园里骚扰,不敢提联合承包的事……想到这里他安然地闭上眼睛,说:"你就在园子里吧,我的病好透了再去替换你。不过还是要记准那两件事——第一不要招惹老混混,第二提防三来!"……

大贞子笑着离开父亲,笑着回到了菜园里。她这次特意从家里拎来一个小铁锅。一到园里就架好了。她想夜晚烧起它来,做什么不行!这都是老混混的经验——什么人都有经验!

也许就因为小铁锅的缘故,这天她老盼着夜晚早早来临。

黄昏时分,她在小铁锅里煮了几个土豆,作为晚饭。吃过饭,天就黑了。小霜来得晚,所以没有吃上土豆。哈很感兴趣地望着火苗怎样舔着锅边,有时还要伸出爪子去抚摸一下——每一次都哭丧着脸叫一声。大贞子十分喜欢哈,她坐在铺子上,总是将身子探出铺沿一截儿,用手将它拢到近前来,跟它说话。她问父亲在的时候打过它几次?它亲眼看见多少贼来园里偷过东西?半夜里冻不冻脚?……哈将头扬起来,认真地听着,但最终还是因为不能听懂而焦躁地活动一下前爪。它的眼睫毛一动一动,看着大贞子,一副老练的样子。大贞子用手指按一按它的鼻子,说:"你是狗,但不是一条'走狗'……"说着,就绞拧着手掌大笑起来……

住了一会儿,三来先一步来到了。

大贞子首先闻到的是一股香味,转过身子,见三来坐在那儿,脸上好像搽了一层白粉……大贞子生气地说:"你又搽粉了?"

"没有的事!"三来红着脸摇头,使长长的分发一甩一甩的,"我天生这味儿……"

这味儿马上使大贞子想起了在海滩上看野枣那会儿的事。那时候三来就是搽了粉的,一次又一次地往海边跑。海滩上的芭草都是一人多高的,他就跟在大贞子身后钻着茅草棵,嘴里咕咕哝哝说着巧话儿。后来民主选举,他的队长职务被选下来了——大贞子想,这与他搽粉多少也有些关系的。主持选举的驻村干部就说:人民不相信一个"油头粉面"的人能做好队长……大贞子这会儿坐在铺子上,厌恶地嘬嘬嘴巴。

三来见小霜睡了,就给她盖了被子。他坐在那儿,逗一会儿哈,然后又去拨弄铁锅底下的火。他揭开锅盖看了看,见是清清的白水,立刻站起来说:"我去我田里扒几块地瓜……"

大贞子一直低头看脚边的泥土,三来走时她头也没抬。她脸前仿佛还飘着那股香味儿，于是一直噘着嘴巴。天色渐渐浓了，眉豆架儿、葡萄树、西红柿棵棵、远远近近的庄稼，都变成一丛丛、一簇簇、一团团的黑影了。有的地方簇生着一些缠得很密的藤蔓，在夜色里看去好像一座座小山……大贞子想起了什么，她抬头看看对面那个小草铺，发现只是一个黑色的轮廓，里面仍旧死一样的沉寂……

哈突然抬起头来，先是"呜呜"了几声，接着就摇起尾巴来——三喜扛着猎枪走了过来。

"三喜！"大贞子兴奋地叫着，"我看看你的枪——你晚上还扛着枪吗？"

三喜"嘿嘿"地笑着，摘下枪来说："我爸不让带的。他的东西谁也不让碰一碰。我偷着扛出来了……"

大贞子欣喜地抚摸着，又端起来瞄着准，说："放一下吧，打对面那个小草铺，老混混在里面，他就好比一只兔子……哈哈！"她笑得枪杆都托不住了，掉在了泥土上。

三喜小心地把枪背在了肩上。

大贞子说："你爸二老回这个人，挺坏！"

三喜惊讶地瞪着她："为什么？！"

"不让咱使枪！"

"这个……"三喜抿抿嘴角，"不能说老一辈坏的，里面有个'道德'……"

大贞子撇撇嘴："怕什么？我有时高兴了，就说我爸坏的！他也不恼，只是用烟锅敲我的头，轻轻地敲……"

三喜笑了。他和大贞子在地垄里来回走着，看着，挑拣了一串葡萄、几个西红柿吃起来。他说："你爸见了，非心疼不可！"大贞子高兴地说："吃吧吃吧，我才不心疼哩——去年我和爸支龙口镇上卖菜，一大卷一大卷钱往回拿，里面有五元的，还有十元的，都是新票子，一板'哗哗'响……"

三来在架子外边喊了："看见了！"

三喜小声对大贞子说："他看见什么？"

大贞子摇摇头。

三来又喊："看见了！"

他坐在铁锅跟前，一边低头捣鼓着火，一边喊着。三喜和大贞子出来。一齐叫着"三来"。三来故意不声不响地捅捅火炭,又揭开锅盖看一看,点了点头。

"哈哈……"大贞子笑了。

三来指一下分头,朝三喜挤挤眼,小声说:"两个人钻到架子后面,嘻嘻,嘻嘻……"

三喜拧了他一下。

锅烧开了,水咕嘟咕嘟地响。大贞子这时候看到了对面的小草铺上亮起了一个红色的点子。

地瓜煮熟了。大家刚刚围到小铁锅跟前,老混混就来了。他一来就用粗粗的嗓门说:"吃东西也不叫我一声,独吞吗?我有东西都是叫老有振一块儿吃的……"他说着在锅边蹲下来。

大贞子回身把哈也牵过来,说:"狗,你也跟着吃吧!"

三喜笑了。三来也笑了。

老混混正剥着瓜皮,这会儿盯着三来说:"三来!你他妈的跟着笑什么?嗯?"

三来赶紧收敛了笑容。他说:"混混叔,你也来地里过夜啊?"

"我问你笑什么!"老混混用愤愤的目光盯着他。

三来啜嚅着:"我笑……小霜吃地瓜,手指都吃进去了。"

大贞子说:"老混混,就笑你,怎么着?!"

老混混最后盯一眼三来,才把瓜妞儿推进嘴巴里去。他连吃了几块,又从锅里舀一点水喝。最后他站起来。拍打着油光光的肚皮,蹒跚地挪动步子,到了无花果树下。他揪下一个果子。

大贞子回身去拿木棍,可是已经晚了。她说:"不熟的果子也摘呀?"

老混混挤开果皮,用舌头舔一舔流出的白汁,长叹一声说:"像酒一样……"

"以后进了园子,老实点!"大贞子对着他的耳朵喊道。

老混混咂着嘴,又咕哝一句:"像酒一样……"

大贞子气得把棍子扔到一边,说:"真是个老混混……"

老混混吃了无花果,卷一支喇叭烟吸着,大口地吐着烟雾。他转头寻找着三来,拉着长声说:"三来呀,五百块钱什么时辰能还我呀?"

三来没有做声。

大贞子插话说:"诈人!"

老混混又说:"分了责任田,收成又不好,我老混混连酒钱都没有了……哎哎,鬼年头,压制贫农……"

三喜笑着说:"你算'赤贫'了!"

老混混顺着他刚才的话茬说下去:"鬼年头啊,肯定是路线歪了!你们看——"他说着使劲将手一挥:"过去地主也不过就有这么一片大菜园吧!"

大贞子蹦到他的对面:"你这是什么意思?"

"这意思!"老混混气昂昂地站起来,右手按在韭菜刀子上,说,"我老混混饿死,也不走这条剥削的路!我今年四五十岁了,可还是记住当年那句话:'人老心红'!"……他的脖子硬挺着,望着北方那几颗灿灿的星星,停了好一会儿才坐下。他把身子斜一斜,倚在了一个石桩上。

三喜笑了起来。

老混混眯着眼睛,拉着懒洋洋的调子说:"哎哎,我这个人哪,谁也不服。我就佩服老忽一个人……"

三来在黑影里小声对大贞子说:"老忽,是解放前村里的无赖,常常跟人拼命……"

"我佩服老忽……那一年南村大地主家的人打了他,他说:不出三天放火烧你麦田!吓得地主摆下筵席请他。再到后来,他看好了谁家什么,说一声就可以拿走的……嘿嘿,老忽可算条汉子,我就佩服老忽!……"

老混混说着,用手抚摸着韭菜刀子。

三喜:"你不佩服好人!"

老混混站起来:"'贫农'还不是好人吗?"

大家笑了起来。哈以为出了什么事情,吃惊地望着每一个人的脸。小霜也笑了……

老混混离开园子,回他的小草铺去了。

几个人围着小铁锅。三来捅着下面快要熄去的木炭。谁也不吱声,停了一会儿,三喜突然说:"我在邻村有个朋友,叫老得……"三来插话说:"就是看葡萄园的那个老得吗?"

三喜把枪放到腿上,点点头,又摇摇头:"他现在改行去海上拉大网了……他有个双筒猎枪,比我这个可好多了。他还会做'诗',是个'诗人',什么诗都做得哩……"

大贞子觉得有趣，自语道："做诗！……"

三喜望着一天星星说："他看太阳出来了，就写：'太阳升起来了'；看到天黑下去了，就写：'天墨墨黑'，好懂的。他写多了，就用一个纸口袋捎到城里，城里看了，再捎回来……如果相中了，就用机器印出来。"

"相中了吗？"三来几乎和大贞子一同问道。

"没有……"三喜低下头说。

三来往炭里扔了几块干木，火焰又慢慢燃起来了。三喜从衣兜里掏出几块糖果，每人一块吮着。他说："老得真有意思！他把那些坏事、坏人，比如老混混这样的，都叫成一个东西。"

"什么东西？"大贞子问。

三喜摇摇头："猜猜吧。"

大贞子和三来都不做声。三喜停了一会儿，见他们猜不出，就站起来，用食指往脚下的泥土断然一指，说："'黑暗的东西'！"……

六

每天晚上,三喜从大贞子的园里出来,总要沿着芦青河堤向前走去。他家的责任田也在河边上。

这是一片片肥沃的土地。庄稼长得好极了,比去年好——明年还能更好吗?庄稼人总会说,是的,一年好似一年的。快收获了,谷穗儿变得很低,玉米秸上的每个棒子都显得十分沉重。高粱穗差不多红透了,月亮下看得很清楚。三喜家的田里有谷子,有玉米,有高粱,还有几垄黄烟。

土地承包到个人手中,土地就变得美丽了。人们用力地耘土,土像梳过的头发,乌油油。你耘两遍,他耘三遍,耘四遍的也有。竞争的结果,就写在庄稼上。快收获的时候,欲望涨满起来。真正的庄稼汉将遗憾悄悄地咽进肚子里,把希望坚定地留给下一年;也有的把手伸长一些,伸到了邻人的地垄里。这些全不稀奇。

三喜从河堤上下来，惊跑了藏在草中过夜的兔子。河边野椿树上的鸟儿也飞起来，用力地扑打着翅膀，发出两声鸣叫……堤下，有几盏游动的灯火，那是护秋的人提着马灯穿行在田埂上；每堆火焰旁边都坐着一个人，在那儿低头烧东西吃。夜露很重，守夜的人愿意跟前有一堆火。三喜走到每个有光亮的地方，都和人们愉快地打着招呼。他们总问："前边有动静吗？"三喜总是告诉他们："平安无事！"……在一片很宽的高粱地边上，燃着一大堆柴火，一帮子人围坐在火边上，吃着喝着，高声地谈笑。三喜走过去，他们立刻发出邀请，递过来一条烧熟的野兔子腿。三喜借着火光辨认着他们的脸，认出全是本村的或邻村的人，几乎全是年轻的小伙子，其中也有两三个姑娘、老头子。他们几个人拿过三喜的枪看着，嘴里啧啧称赞着。有的说："二老回这杆枪真有分量，打东西顶事的！"有的说："射得远，抵得上快枪——那一年我和二老回进河头打兔子，离开八竿子远的跑兔也能撂倒！"

三喜看着他们的猎获品：鱼、兔子、鸟……全都在火上烤熟了，撒了盐，每人分一点吃着。老年人胸前摆个酒瓶儿，不时仰仰脖儿灌一口。他们招呼："三喜，来，呷一口！"三喜接过来喝了，呛得咳嗽起来，大家笑着。他们问："三喜，你们北边的地片规矩？""转了几天了，也没发现丢东西……不过，"三喜顿一顿，说，"不过听说河西有人要过来捣鼓东西……"

大家沉默了。

解放前发生过河西人过河抢庄稼的事件。那是一次残酷的洗劫：掰走了成熟的玉米，踩烂了一地秸子；谷子没了穗儿，高粱倒在地上。河东的庄稼人拿着土枪、小火炮、三节鞭赶到河岸，河上的小木桥已经被拆塌了。这给河东的人留下了痛苦的记忆。虽然多少年过去了，当年的小伙子已经步履艰难了，他们还不忘对自己的娃娃叙说着那次劫难……

人们面对火焰沉默着。有人问三喜："谁说的呢？"

"老混混告诉大贞子的。"

一个年轻人嚷着："老混混的话，不做数的！"

一个老年人捋着胡须说:"防着点好啊!庄稼包种到各家各户里,歹人要钻空子……"

有人又说:"听说了吗?北面龙口林场那儿丢木头了,报了公安局……"

大家都惊讶地看着说话的人。

火焰往上蹿着,柴草在火里噼啪响着。火星儿跃上很高很高的天空,才慢慢消失了。月亮穿行在云朵里,大地忽明忽暗的。云缝里的星星很稀疏,一颗,两颗……有人往火边上凑一凑,把蓑衣卷在身上,躺了下来。更多的人半坐半跪地卧在那儿,不出声地端量着旁边的人。

有个叫"毛猴王友"的小伙子打破了沉寂,问了句:"大贞子来看菜园了,真的吗?"

三喜点点头。

"还扛着一根大木棍!"另有人说。

"毛猴王友"打趣道:"三来又要去'检查工作'了!"

很多人一齐笑起来。大家对三来似乎很感兴趣,都七言八语地接上说三来了。有的说三来去海滩上

"检查工作"，怎样被大贞子打了一棍；有的说老混混在他当队长那会儿，怎样和他一块儿去喝酒……说起老混混，不少人又记起了他腰上的那把韭菜刀子，又都笑了一场。

气氛开始活跃起来。三喜告诉说："老混混也来护秋了，还在责任田里搭了个草铺子呢！"

一个老头儿说："他护秋！他是看别人热闹腾腾生活，心里闷得慌，出来散散心！再说，铺子搭在田里，秋天里抓挠东西也方便……"

三喜拍拍手，连连说"对"。他从心里佩服老年人的眼力——年轻人总想不明白的事，有时老人的一句话就点明了。三喜问他："你知道三老黑这个人吗？"

老人从火堆里取个火炭点上烟锅，吸一口说："怎么不知道？河西岸有名的一条'恶狗'，正事儿不干，仗着会点拳脚功夫，横行霸道的。他和老混混合得来。真是什么人找什么人！……"

这时候一个什么鸟儿从人们头上跳跃，一头钻进了火堆里。大家都惊奇地拍着手掌，呼叫着。那个一直蜷曲在火堆边睡着的人突然被惊醒了,揉揉眼睛说,他听见了河里鱼跳。他起身到河里摸鱼去了。另有几个小伙子也跟上他走了……

月亮偏到一边。三喜背上枪,往回转去了。

高秆作物将田埂罩得黑漆漆的,人走进去,像迈进了一条狭长的巷子。四周都见不着光亮,只能听到夜间田野里那千奇百怪的声音。每一次碰到庄稼棵,都有露珠洒上一身。三喜走在田埂上,心想如果有人在田里偷东西,真是容易啊!这么大一片庄稼,他藏在地中,你哪里找去呀?

在自己的田边上,他围着细细地看了一会儿,又蹲下倾听着。没有什么可疑的声音。但他刚要离去,却在脚边发现了几片剥落的玉米叶子!原来有十几个棒子都被谁掰走了,仔细瞅瞅,玉米田里间作的豆棵也被拔走了不少……三喜心里吃了一惊。

身后传过来一阵奇怪的调子,那是老混混在他的小草铺里唱的。三喜想到了什么,迎着他铺柱上那个红点儿走过去。

老混混的小铁锅里果然煮着玉米和豆角,三喜一来就看到了。可是他觉得田里丢失的远远不止这点儿。他问:"你从哪儿弄的东西煮?"

老混混头也不抬地搅着锅子,说:"从你田里,怎么,想不'义气'吗?"

"你搞了多少?"

"锅里这些。"

三喜趴下身子看着铺子下面,黑漆漆的什么也看不到,老混混从后拍他一掌说:"不信服你大叔吗?"

"大叔"两个字使三喜恶心起来。他说:"哪个龟儿子才跟你喊'大叔'哩!"

老混混撇撇嘴巴一笑:"三来就喊。听见没有?"

三喜气愤地说:"我不是三来!"

老混混这时从沸水里夹出一穗玉米,吹一吹递给三喜,三喜拒绝后,他一个人啃起来。每啃完一穗,他就把核儿投到很远的地方……他吃着,一边咕哝说:"看看吧!都成了什么样子!前天我在街口碾屋那儿看见地主老奎的孙子小福海,小福海就敢用眼角斜着瞅我!看看吧,都成了什么样子!……"

三喜笑了。

老混混又说:"那年上我响应号召,到田里拔苦苦菜做'忆苦饭',离瓜田老远,小福海就喊我去吃瓜,笑眯眯的。他亲手给我挑大西瓜——第一个打开是生的,他要扔,我说:慢,先吃个'忆苦瓜'吧!……"

三喜再也忍不住,哈哈大笑起来。

老混混却严肃地说:"笑!看看吧,就是同一个人,如今也敢斜着眼看我了……唉唉!"他长长地叹息着,站起来,呆呆地遥望着西北方那一片星空。望着望着,他突然用细细的嗓门唱起来:"……想那北斗,想亲人,想那亲人……"

他的调子里有一股悲凄的意味。三喜望着这个驼背弓腰、衣服用草绳捆起来的人,心中不知怎么泛起一股酸酸的滋味……

哈在不远处叫着。大贞子在说什么。三来发出一阵笑声……三喜迎着菜园子喊着:"哈!哈——!"

哈欢快地回应他:"汪!汪汪!……"

老混混催促着三喜说:"还不快去!他锅里煮了好东西,全让三来这条馋虫吃了。"

三喜又喊:"大贞子!三来——!"一边往菜园

大步走去。

老混混以为是他的催促起了作用，高兴得大笑起来……

七

曲有振的腿好了一些。这一天，他到了菜园里，和大贞子一起摘下黄瓜、西红柿、豆角，割下一整畦的韭菜，卖给了镇上的菜店……拉菜的车走了，他盯着地上两道辙印，声音沉沉地对女儿说："也许，就卖这一茬儿好菜吧！"

大贞子有些吃惊："怎么咧？政策变了吗？"

"政策倒是没变，有人——老混混，要和我们联合承包哩！"

"想他的好事儿！"大贞子舞起手里的大木棍把眼前的一棵马尾草打折了。她向着对面的小草铺子喊："老混混，你死了吧——"

可惜小草铺子里是空空的。

曲有振心事重重地说:"这两天,他进家找我商量哩!我说,我再想想……"

大贞子生气地说:"你还'再想想'!你天生就是受欺负的人!这还用想吗?和猪联合也不和他联合——老混混,死了吧!"

"惹不起他哩!逼到数儿上,他会连命都不要的。再说他河西又有一帮人……"曲有振蹲在了地上,燃着了烟锅。

大贞子说:"我惹得起他——我用棍揍他!"

曲有振没有做声。他仰脸看看女儿的脸:红彤彤的,因为太胖,在阳光下闪着亮儿。这张脸上,两道弯弯的眉毛相隔很远——人们说这是"心路"宽的人才这样生,不知忧愁呢。两只大黑眼珠子滚动着,总带着笑。她生气的时候也像笑。好像她总是高兴的。心清如水,没有计谋。老一辈人常为她这样的性情担忧,怕她遇事吃亏。奇怪的是她都"逢凶化吉"了。像去年的看野枣,分明是三来安下歪心,想不到最后还是他自己挨了木棍,队长落选!生活中还有好多这样的例子。曲有振常在心里庆幸,把女儿比做沙场上的"福将"。但他这次的担心却并没有因此而减弱。他端量着女儿,在心里叫着:"野性啊,野性!那个老混混是惹得的吗?"他捶着腿,站起来说:"不管怎么样,他来菜园找你的时候,你就说'我还年轻,找爸讲吧'!……"

大贞子笑了。她把木棍扛上肩膀,一蹦一跳地走开,嘴里不断重复着:"'我还年轻,找爸讲吧'!哈哈……"

她只是大笑着,两个肩膀笑得直抖,跑到了一丛眉豆架儿后边去,只把头探出来唱道:"年轻的朋友们,今天来相会!……"

"唉唉!"曲有振叹息着,捶打着腿,无可奈何地往回走去了……

父亲走后,大贞子牵上哈走出了园子。她径直走到老混混的小草铺跟前,端量了一会儿,对哈说:"哈,你看看,老混混夜里就躺在这上边打坏主意!"

哈用长鼻子闻了闻,厌恶地吠了一声。

大贞子又说:"哈,你给他的铺子上撒泡尿吧!"

哈不解地仰脸望望她,又摇了摇尾巴。大贞子把木棍插到铺子底下，用力往上一掀，铺子就斜了……她牵上哈，高兴地跑回到菜园里去了……

这个夜晚，不知什么缘故，老混混一直没有回来睡觉。三来却很早就来到大贞子的园里，一来就将什么东西从怀里摸出来，放到了小铁锅里。大贞子揭开锅子一看，见是两个鸡蛋。她问："你怎么拿鸡蛋啊？"三来笑着，用手把掉下来的一绺头发使劲一拨，说："你一个，我一个。"

大贞子问："小霜、三喜呢？"

"他们，"三来嗫嚅着，"不一定吃……东西拿给谁、不拿给谁，都是讲感情的——这你还不知道吗！"

大贞子说："我不知道。"

三来在锅子下边点火了。火苗儿很长，映得四周通红。三来在火光里望着大贞子，目不转睛。

大贞子装做没有看见。她将木棍横着搁在腿弯里，把一道刘海儿抚弄几下说："哎呀，真热！"说着往后退了几步。

三来挪蹭到锅子的另一边，这就离大贞子近一些了。他说："真怪，我和你在一块儿不知瞌睡……"

大贞子不做声。

"一点儿也不知瞌睡……"三来又说了一句。

大贞子用一只手轻轻地抚摸着哈的脊背。

三来捅着火,这时停住了。他嘴角挂上一丝笑容,看着大贞子说:"咱俩在园子里,用小铁锅煮东西吃,小两口儿似的……"

大贞子说:"快了!……"

"快成了吗?"三来一下子挺起胸脯。

大贞子伸手抓起木棍说:"快挨揍了!"

三来拔腿跑开了。他的右手,条件反射似的捂在左拐肘上。

大贞子笑起来。……

鸡蛋煮熟的时候,小霜和三喜来到园子。大贞子把一个鸡蛋给了小霜,另一个还给了三来。三来一边剥着蛋皮一边夸大贞子;把鸡蛋填到嘴里,咀嚼着,还在含混不清地对三喜说:"你看,她对我比对你好……"三喜揶揄说:"那是好事情啊!"

他们正说着话,突然黑影里传来老混混的叫骂声。大家还是第一次听到老混混在夜晚这样尖声叫骂，都觉得很有趣。

老混混骂着："哪个混账小子搞了破坏，掀坏我的草铺子！……"

大贞子捂着嘴笑，三喜和三来就明白了。

"欺负到我头上了——我都是欺负别人的人！……"老混混还在骂着。

三喜说："他倒说实话。"

"那小子是瞎了眼了，太岁头上动土！"

大贞子在手里掂着木棍，说："他再别想欺负别人！哼，让他在黑影里蹦吧！还是做诗的老得说得好，他是那东西……"

三喜插一句："'黑暗的东西'！"

老混混骂了一会儿，开始点火煮东西，在火光里修他的铺子了。又过了一会儿，他一摇一晃地向菜园这边走来。离菜园老远他就喊："三来！你这小子又钻来了吗？"

三来应声道："混混叔……"

老混混进了园子。他看看大贞子，又看看三喜，问三来："谁掀我的铺子咪？"

三来说:"天黑看不清……"

大贞子笑吟吟地接上说:"就是看清也不能告诉你啊。"

老混混气哼哼地坐在地上,咬着牙说:"我抓住他,把他的手割下来!哼哼,还说不定是阶级敌人破坏呢,'万万不可粗心大意'……三来!"

三来"唔"了一声。

"你到我铺子里,看看锅底的火。"老混混头也不抬地指使说。

三来迟疑了一下,看火去了。

老混混自豪地看了一眼大贞子和三喜,开始卷烟抽了。他抽完一支烟,说:"怪渴的……"说着就站起来向葡萄架那边挪步。

大贞子挡住他说:"那样方便吗?又不是你的园子!"

老混混不认识似的抬头看一眼,跺跺脚说:"我在河边上爱吃什么吃什么,还没人敢拦哩!"

"我敢拦!"大贞子把木棍提在手里。

老混混把袖子绾起来,嚷道:"你个东西!我和你爸联合承包了这片菜园,我吃我拿都随便!发家致富、倾家荡产,今后合在一块儿了!……"

三喜上前一步,惊讶地看着老混混。

大贞子大声喊道:"和你承包?想得美!你滚到那个狗窝里等死吧!告诉你,铺子是我掀的——棍子插到底下,一挑,就歪了!……活该!"她嚷着,把木棍拄起来,身子一纵离了地,两脚落下来,重重地跺一下……

老混混眼睛都气红了,"啊啊"地叫着。三喜去拉他,他身子一挣冲到了葡萄架子上,使劲用脚踢那垂挂着葡萄的秧棵。

大贞子也冲上去,挥起木棍,重重地打在他的脊背上!

老混混疼得在地上滚了一下,随手拔出腰里的刀子,大喝一声:"看刀!"然后将那把铁锈斑斑的韭菜刀子扔了出去,大贞子机敏地往旁一跳,闪了过去。老混混扑上去抢了刀子,刚要再扔,被三喜用枪拦住了。

老混混气得身子乱颤,喊道:"好!好!等着瞧!

你这两个东西……"

小霜被喊声惊醒,吓得哭了起来。哈一直愤怒地向着老混混扑着,只可惜被链子扯住了……这时候正好三来看火走回来,老混混回头看到了,立刻大声地命令说:"三来,快上手!"……

八

老混混背负木棍打击的一道印痕,再也不到菜园里来了。三来也不来了。

菜园里倒是出奇地安静。对面的小草铺里,那个艾草火绳的红点儿一直亮着,像一个神秘的眼睛。老混混躺在铺子里,咳嗽声不时地传过来。……三喜时常揥着猎枪转到菜园这儿,他一来就骂三来,说他是"叛徒"。大贞子每夜都不合眼,听到一点声音也要牵着哈沿园子四周转着看看。园子里死一样沉寂,有时她故意唱几句"年轻的朋友来相会",可一闭嘴巴无边的沉寂又合拢过来了……秋风在深夜之后变得大起来，不知吹拂到什么东西上，发出一声声尖厉的啸叫。小霜有时睡着睡着就惊醒起来，她说："我做了一个噩梦，梦见一个人，拿着刀子……"大贞子总说："刀子，不怕刀子，那是割韭菜用的，长满了铁锈！"小霜执拗地说："不！是锃亮的，上面有一道深痕……"

哈也变得沉默起来。它不像过去那样爱吵闹了，只是用一双聪慧的眼睛望着天空，望着吹动的树叶，望着大贞子。它紧紧地伏在地上，爪子硬硬地扣在一个地方，仿佛随时准备迎着命令一蹿而起，去冲杀和厮咬。远方的狗在叫着，往常它会满怀柔情地呼应几声，现在也没有这份兴致了。

一天深夜，有个黑影溜过园子，哈严厉地叫了一声。

大贞子警觉地提着木棍追上去，那个黑影终于没有逃脱——他是三来！

三来跟着大贞子，慢慢走到铺子跟前。他蹲下来，无声地燃起铁锅下的火，从衣兜里掏出几块红薯扔进锅里……大贞子气愤地问："你怎么不来了？"

三来只是拨弄着火,说:"老混混……不让……"

"你就怕老混混!"大贞子喊道。

三来示意她小点儿声音,她偏大声地说:"怕什么?我偏不怕他!你是叛徒!"

三来连连摇头,说一句:"我什么时候也不和老混混好,我只和你好……"就跑出了园子。

大贞子望着他的背影,有些迷茫起来。她望望那个小草铺上的红点子,心想,你这个老混混啊!你就有手段!你怎么把个三来给制住了?她觉得这里面定有奥妙。

白天,父亲来园子的时候,她总想把和老混混打仗的事告诉他,可又怕他担心,就把涌上嘴边的话咽了回去……

一天夜里大贞子对三喜说:"你把护秋的人都叫来园里玩啊!我抵不住孤独,我有时候和小霜一样害怕……"

第二天夜晚,果然来了不少年轻人。大贞子高兴极了,摘了那么多葡萄给他们吃。大家在园子里燃起了一堆大火,围着火堆坐着,大声地说笑着。大贞子高兴得不知怎样才好，她把木棍扛在肩上，迈着大步走在园子里，兴奋地甩动着胳膊。哈的情绪也被感染了，它很快和新来的人们熟悉了，跳跃着，扑动着，嘴里发出"呜费呜费"的声音。火苗儿蹿得很高很高，火星儿直要飘到渺远的星空里去。大贞子说："真好啊，半个园子都映亮了。啊哈，啊哈……"

这真是个愉快的晚上。

可是他们的责任田都在南边，他们也不能总到园里来啊。

园子又恢复了沉寂。大贞子见到三喜就埋怨说："你真封建啊！三来不来，你就不能常待在园里吗？你怕什么！"三喜支吾着，点着头，但还是坐一会儿就走……他大概怕别人说他和大贞子的闲话。

有一天傍晚，三来在园子边上小声喊："大贞子！大贞子！"大贞子赶紧跑过去。三来告诉："这几天晚上防着点吧，河西的三老黑来了好多趟，和老混混一起喝酒，嘀嘀咕咕……"

大贞子记在心里。她告诉了三喜。三喜晚上没有走，他一直坐在一个角落里。

开始他们燃了火,架着小铁锅,后来火熄灭了,他们也没有去管。月亮还没有升起来,园里一片漆黑。风有些凉,多少带来了一些深秋的意味。

夜渐渐深了,三喜一个人坐在一边,突然蹑手蹑脚地走到大贞子跟前,低着嗓子说:"西北角,好像在园子边上,伏着几个黑影,一动不动……"

大贞子咬住了嘴唇,没有说话。

三喜又轻轻地往角落里走去了。

大贞子默默地从四处拣来一些土块、瓦砾,放到了铺子跟前。她紧紧地握着木棍,一动不动地坐着,望着黑漆漆的夜色……

停了会儿,三喜又轻轻地走过来,说:"真的,伏着几个黑影,一动不动,只是伏着……"

大贞子听着,突然咬了咬下唇,弯腰抓起一些土块和瓦砾,呼喊着,像冲刺一般向着园边跳去。她嘴里呼喊的什么,谁也没有听清。哈激怒了,紧随着她往前扑去……

就在同时,黑影里有四五个人一齐蹿了起来。他们嘻嘻笑着,投过来一团团稀软的泥巴,打在了大贞子的脸上、身上。大贞子"哎哟"着倒在了地上，三喜跑过去扶她，头上也重重地挨了几下。小霜大哭起来……那几个人冲到园子中，钻到葡萄架下和菜畦里，用棍子打，用脚踢。还有的从腰间抽出长长的白布袋，往里装起了瓜果菜蔬……大贞子冲上去，横着抡起了木棍，嘴里喊着："黑暗的东西！来吧！来吧！……"奇怪的是他们都能灵活地扭动着腰身躲过棍子，在园里跳来跳去，一会儿钻到架子下，一会儿翻滚在菜畦里。很大一块地方都给踩烂了，他们就顺手抓着烂茄子、破柿子，往大贞子和三喜身上、往铺子里扔，一个劲地笑着。大贞子急得哭起来，喊着"三喜"，上去一把夺过他的猎枪，"轰"的一声放响了！

　　白烟在园里久久不散。有人在烟雾里仓皇逃窜着。一瞬间，一切都归于沉寂了。三喜和大贞子都呆呆地站在那儿，当晚风吹开烟雾，吹干大贞子的泪花时，她才想起了什么，赶忙低头看着：地上一片塌倒的架子，只是没有人躺倒在那儿……大贞子长长地吐了一口气。三喜像刚刚醒过来似的，连连说："好险！好险！差点出了人命。亏了枪口抬得高……"

大贞子恨恨地跺着脚："打死他们才好哩！都打死他们！打死老混混——"她说着，抬头看看对面的小草铺子：那儿还亮着一个红色的点子！……大贞子扯一下子三喜，牵上哈，说："走，找老混混去！"

老混混在铺子上打着鼾。

大贞子两手抡起木棍，狠狠地砸在铺角上，使铺子猛地抖动了一下。老混混慌乱地爬起来，一看大贞子，"噌"的一下蹦下来，两手按在韭菜刀子上。大贞子用木棍指着他说：

"你勾结来坏人，饶不了你！三喜，开枪吧……"

三喜威严地看一眼老混混，只是没有摘下枪来。

老混混退开几步，说："打吧！打吧！反正这是穷人受欺负的年头……说我勾结来坏人？我还说你哩！谁让你长这么俊，引来河西的流氓！"

大贞子抡起了棍子，老混混跳着躲开。他在远处嚷着："半夜携带武器，对我行凶，我要告到上级政府！……"

大贞子打不到老混混，就弯腰掀倒了他的铺子。

老混混在远处看着,连连说:"好!好!血债要用血来还!"

哈愤怒地吼叫着……

大贞子和三喜回到菜园里,见到一个人正在扶弄着塌倒的架子。大贞子厉声喊道:"谁?"……那个人不做声。大贞子火了,大步跑上前去,揪住了他的衣领使劲一扯,才使他转过身来。大贞子看清了他的脸,气愤地叫了一声,扔了手里的棍子……

他是三来。

九

护秋的人们看到大贞子被蹂躏的菜园,脸上都露出了愧色。几十条好汉子没有护住河东的土地,他们实在有些难为情。一个村子有一个村子的尊严,一种职业有一种职业的荣誉。护秋的反被人劫了秋,那种损失是远远超出了经济范畴的。

大家帮大贞子整理着园子,塌倒的架子扶起来,毁了的田埂重修好；那些没法收复的菜畦，干脆拔掉，重新栽种口秋菜……一个老头子一边往地里捻着菜种一边说："我早说过河西那帮人得提防着点呢！三老黑，不是东西的……"有个年轻人用下巴颏儿指示着对面的小草铺："那里面躺着的家伙胳膊肘往外拐，扯出来就揍，冤枉不着他！"……

大贞子摘来各种各样的果子，让护秋的人们吃。她一夜间好像变得消瘦了、憔悴了。她的头发有些散乱，那总是通红闪光的脸庞也有些苍白。弯弯的眉毛下，一对黑亮黑亮的眼睛里有那么多的怨恨……她对吃果子的人们说："不要把昨夜的事告诉我爸爸啊！"大家答应了她。

这之后的夜晚，大家一部分留下来和大贞子一块儿守菜园，一部分到田里去巡视。这是非常时期，人们几乎都顾不得睡觉了。

一连几夜都是平安无事的，菜园也重新修整好了，大贞子又高兴了。大家成夜地在一起说说笑笑，也不怎么瞌睡，谁瞌睡了，大贞子就用棍子捅一下，惹得别人直笑。哈的铁链子解开了，它在熟悉的人中间走来走去，有时把长长的嘴巴凑近人的耳朵，似乎要告诉些什么……

月亮升得早了，园子里到处黄蒙蒙的。听着露珠从叶子上滴到地下，多么有趣啊！还有虫鸣，各种细小而奇异的鸣唱交织到一起，显出夜世界的神妙。没有一个人说："听听夜晚田野里那特有的声音吧！"没有人这样说。可是人们心灵深处仿佛就常常响起这样的声音——于是大家就常常不约而同地闭起嘴巴，一起倾听着……今夜坐得久了，谈得久了，有些冷，也有些渴。点起篝火吧。最好再煮点东西吃。护秋的人们似乎已经不满足于只煮些花生和红薯了，有人提议做点鱼汤喝，而且汤里面一定要有姜！两个摸鱼能手马上自告奋勇地走了，不出半个钟头，竟然提回两条鳝鱼、一条鲤鱼、三五条鲫鱼……做汤吧！

姜真是个好东西，它能使人心里热乎乎的，气畅神旺。守夜时浸入皮肤的寒冷和湿气，都被赶跑了。大家围着火坐着，年纪轻轻的人也学会了盘腿而坐。有人拿出酒来，每人都用大碗端了，向着蹿跳的火苗举起来。几口酒喝下去,好几个人的脸变红了。

于是就有人唠唠叨叨地说话，事无巨细地数念一遍，逗得人们一阵阵发笑。

三喜一直坐在铺子那儿，听着园子外边的动静。他不放心，竭力想从园子边的树丛里发现几个伏着的黑影。小霜睡着了，三喜听着她呼吸的声音，觉得很有意思。他回头迎着火堆看去，见大贞子正和人们说笑着，使劲地拍打着手掌，高兴得一会儿将腰弯下来一次。她那样子不像刚刚被人破坏了菜园，她的心里存不下仇恨。她永远是欢愉的。

三喜在铺子上坐着，火边的伙伴们已经喊了他好几次了。半夜时分，他回到火边，将蓑衣铺下，躺了下来……"有一天晚上，我在河边上走，走迷了路，绊倒在荻草里，就睡着了。有个东西伸着舌头舔我的脸，我醒过来，吓得说不出话！……"三喜听到有人细声细气地说着。

大贞子又拍着手掌笑起来。她嚷着："碰到狼了吧？"

"也不知是什么——至今不知道，真的，不知道。我只觉得它有一双毛茸茸的手，老在我胳肢窝里掏来掏去,像是要找什么东西似的……"

三喜睁开眼睛,看清说话的人是村南头的"毛猴王友",一个有名的会瞎扯的人。他又闭上了眼睛。

大贞子笑嘻嘻地插话:"它是要胳肢你笑啊……"

"也许是,因为我一笑,它就停了手。我闭着眼睛,再睁开眼睛的时候,眼前什么也没有了……真怪!啧啧。"

大贞子笑了。她向身边的人说:"你说热闹不热闹死个人!"说过之后,又转身对哈说:"哈,你听见了吧!你说热闹不热闹死个人……"

"那一年上,""毛猴王友"又接着讲起来,"我夜里到海上买螃蟹——这可是真的。网还没有上来。我们一伙儿人等不得,都要找地方歇一歇。海边上死鱼烂虾也多,引来小苍蝇、小蚊虫,一团一团在头顶上滚……"

"在头顶上'滚'!……"大贞子对"滚"字发生了兴趣,重复了一遍。

"就是滚的。我要睡上一觉,可就是找不到地方。我找啊找啊,看见一张旧篷帆搭在渔铺边上,里面有个空子，就钻了进去。嘿嘿！嘿嘿！里面早有个人睡着，我低下头一瞅，看见一条乌油油的大辫子——是个大姑娘！我装做没看见，挨着她就躺下了，我是太困了。"

"咝——"有人惊讶地吸着凉气。

大贞子噘起了嘴巴，不高兴地说："六（流）氓七氓！"

"毛猴王友"不以为然地斜一眼大贞子："这要作风过硬的！我睡过去，什么也不知道了。醒来以后，伸手往旁边摸摸，什么也没有了。我觉得身上有些分量，一看，人家怕我睡着了冻坏，给我盖了一块帆布角角呢！我还闻着有一股香味，一转脸，左边放着一块小花手绢……我至今留着这块手绢，没事了就拿出来看一看……"

大贞子不做声了。她绞拧着手掌，盯着眼前的火苗儿。

一个人粗声粗气地顶撞一句："好事都让你遇上了！"

"毛猴王友"就像没有听见，还在自语："没事了，就拿出来看一看……"

小铁锅里的水沸出来了,有人揭开了盖子。

大贞子也注意到了三喜,高兴地推三喜一把说:"三喜,你讲个故事呀!你就没遇到什么吗?"

三喜在蓑衣里活动一下身子说:"我没遇到。"

"那个老得呢?——他是你朋友啊,你不是说他会做诗吗?……"大贞子又说。

三喜坐了起来,揉一揉眼睛说:"那是当然的了。老得可不是一个简单的人——不过他现在还没有媳妇。"

有人笑嘻嘻地说:"大贞子跟他吧!"

三喜看了那人一眼,像告诉他,又像告诉大贞子说:"老得个子很高,我们没一个比得上他!不过……"三喜咬咬嘴唇:"不过他是个'水蛇腰',走起路来腰老拧的……"

大家都笑了。

三喜很严肃地对大贞子说:"真可以考虑呢!老得有骨气啊,他原来和我们一样,是护秋的,负责看一片葡萄园。后来园里的负责人轻视他,他说:'此处不养爷,自有养爷处——我老得走也!'拍拍身上的土就走了,到海上拉大网去了。有一回我看见了他,见他赤着身子,晒得又黑又红,太阳一照耀眼地亮,像涂了一层油……"

"是条好汉子!"有人感叹道。

大贞子站起来,撇了撇嘴巴,看着月亮和星星,使劲仰拧着身子,嘴里发出舒服的"啊啊"声。她拾起了地上的木棍,高兴地唱起来:"年轻的朋友们,今天来相会……啊,亲爱的朋友们,美好的春光属于谁?"

"毛猴王友"摇头晃脑地接上唱着:"属于我——!属于你——!"……

月亮慢慢偏西了,已经过了午夜。海潮声在远处响着,好像大海在慢慢地涌过来一样——海边的人管这叫"发海"。菜园四周的树木上,有的鸟儿被人们吵醒了,这时扑动着翅膀,不耐烦地咕哝着什么,飞到另一棵树上去。芦青河咕噜噜地流着,不时送过来几声溅水的响动……

对面的小草铺上,铺柱上一直亮着一个暗红的点子。月亮朦朦胧胧,看不清铺子上有没有老混混。他没有点火,没有架上小铁锅。这个夜晚,人们只听见他咳嗽过一次。

大贞子牵上哈,要沿着园子走一走了。三喜也披好蓑衣,要到自己的田里去看看。可是就在他们站起来时,铺子上传来了小霜的喊声——她被什么给惊醒了,害怕地叫着大贞子。

哈警觉地吠着,向着黑暗的园角扑过去。

三喜想起了什么,他急急地跑到铺子上,到处寻找着,连连痛惜地拍打着手掌。大家问他怎么了?他顾不上回答,只是向着哈的方向跑去了……

过了一会儿,他和大贞子牵着哈回来了。哈的耳朵被什么弄破了,流着血。三喜声音低低地告诉大家:

"枪,被人摸走了……"

十

河边的庄稼丰收了,带来那么多喜悦,也带来那么多焦虑。护秋的人越来越多,他们披着蓑衣,带着棍棒,夜间就睡在田野里。不断发生丢失庄稼的事情,半夜里常常听到粗野的叫骂和呼喊。

这真是一个不安宁的秋天……

曲有振不知怎么知道了河西岸来人搔扰菜园的事情,慌慌张张地拖着拐腿跑到园子里,先狠狠地骂了大贞子一通,然后又找老混混求情去了。

老混混躺在小草铺上,头也不抬,一边吃着瓜子一边说:"就是嘛!有什么事情,咱老一辈人商量,我跟你闺女他们说不着!"

曲有振掏出一盒大前门烟递过去,说:"那是噢!那是噢!"

老混混吸着烟,斜着瞅了他一眼说:"我这铺子,让大贞子掀翻了两次,你知道吗?"

"野性啊!野性!"曲有振在心里叫开了,"老混混的铺子也掀得吗?……"他连连说,"混混,贞子不醒事的……"

"你也不醒事吗?我老混混可是好心好意地跟你联合承包,又不是偷你、抢你!"老混混说着坐起来，把放在一边的韭菜刀子插到腰上，声音重重地说，"如今就是偷你抢你也犯不到哪家的王法，你发了财，还不兴穷人'吃大户'吗？压制贫农就是压制革命——这可不是我说的！……"

"吃大户"三个字深深地刺痛了曲有振！他"吭吭"地喷着气，一直没有吱声。

"我这个人就佩服老忽，人家是说干就干的，一辈子也没对谁软过！结果哩？地主怕他，解放了，村干部也怕他。他临死的前天晚上还喝酒哩，啃一条狗腿……"老混混说着，手搓一片绿叶子蛤蟆烟。

曲有振有些站不稳，扶着铺柱，坐在了铺子上。他知道那个老忽是当年河两岸有名的一个无赖，一年总要跟人拼几次命的，很少有人不怕他。

老混混让曲有振吸他的蛤蟆烟，曲有振吸一口，呛得连连咳嗽起来，再不敢吸。老混混大笑不止，说："怎么样？我就成天吸的是这号烟叶，脾气也跟这烟叶差不多，谁敢往肚里吸，就冲他一家伙！……"

"劲道太大……"曲有振说。

老混混冲他摆摆手："我不去作践你的园子。可我挡不住河西的人——三老黑是我朋友，可他见了东西红了眼珠子，我管不了的。要是联合承包起来，他自然看我的面子……"

曲有振再不做声，摇摇晃晃地离了小草铺，回到菜园里去了。大贞子看到父亲两腿站不稳，脸色变得十分难看，就扶着他回家了。一路上，曲有振总咕哝着老混混，咕哝着"联合承包"……

大贞子回到园子里，向着老混混喊："老混混，你死了心吧，和猪联合也不跟你联合！……"

老混混就像没有听见，在铺子上打了一个滚，呼呼地睡着了。……

三喜丢了枪。一直哭丧着脸。他一方面担心父亲跟他要枪；一方面担心坏人用枪做出什么事情来。有一天他在田埂上遇到了三来，告诉了丢枪的事。三来支支吾吾，说他好像见谁拿过这杆枪。三喜气愤地质问了一会儿，他才说出是老混混拿了这枪——见他去河套子里打过野鸡……

三喜让三来去讨回枪来，三来无论如何不干。三喜把他领到了菜园里。

大贞子气得蹦起来,用大棍指着三来说:"你是个'叛徒'!"

三来看着他,嗓子低低地叫着:"大贞子……"

"你肯定是个叛徒!"大贞子说。

三来为难地说:"我要不来的。……"

大贞子和三喜都不做声了。停了一会儿大贞子说:"你没一点男子汉的骨头!你还'三来'哩,你一次也别来了,我跟你就算不认识,你走吧!你找老混混去吧,你是他的人哩!……"

三来难受地蹲下来,捏弄着指头说:"我和你前年看过野枣……"

大贞子把手一挥说:"我不领情!你那是去吃野枣的……"

三来吞吞吐吐的:"我敢去要枪,可我要不来的。大贞子,我怎么也要跟你好的,我恨老混混……"

三喜这时想个好计谋,就说了一遍。大贞子高兴地拍着手掌说:"真好的办法啊,快去吧三来!"……

三来真的去找了老混混。

他站在小草铺跟前,看着躺倒的老混混,声音低低地说:"混混叔,事情闹大了……"

"怎么咧?"

"你偷枪的事,不知怎么走漏了风声,报上登出哩……"三来说着,从裤兜里摸出一张揉皱了的报纸,展开念道,"……偷枪就是犯法。老混混偷枪,罪责难逃!他偷去枪,想做什么,上级知道。如果近期不归还失主,法办是肯定的……"

"'法办'就是抓人吗?"老混混问着,一欠身子拿过报纸说,"我看看吧!"

老混混一个字也不识。三来用手指点着那一溜儿黑体标题说:"看看吧,这就是你的名字,'老、混、混'……!"

老混混坐起来,眼望着天边上的一块浮云,吸起了烟。

三来说:"混混叔,干脆,瞅他们不在时,把枪扔到园里算了,省得招惹是非……"

老混混不动声色地吸完一支烟,然后歪歪身子,从铺盖卷里抽出了那杆枪。

"你拿去吧,他们问,你就说从田埂上拣的。他妈的,他妈的,晦气……"

……

这天晚上,月亮被云彩遮住了。几个人正坐在菜园里像往常一样聊天,突然哈愤怒地大吼起来。大家吃了一惊,还没有反应过来,就看到几个黑影蹿进了园子。大贞子大叫起来:"又是他们……"

大家呼喊着追逐那几个黑影,可他们毫不惧怕,一边躲闪着棍棒,一边往架子下面钻。他们顺着眉豆架空儿跑着,棍子是打不着的。有的还藏在里面喊着"大贞子"……

三喜跑出了园子,到南边叫人去了。

不一会儿,护秋的人们举着火把,呼喊着围拢过来,手里高高举着木棍。园里的歹徒见势不妙,纷纷钻出架子,钻进庄稼棵子里,溜掉了。只有一个家伙从园边的大树上滑下来,嘻嘻狞笑着,大摇大摆地踢散围篱,想往河边上走。三五个人围上去,他就像没有看见一样,头也不回。等到靠近他身边时,他"呼"的一声架起了拳头,蹲起身子,脚踢拳打,干净利落地把几个人全部打倒在地上,身子一摇,钻进了庄稼地里……

这个人会功夫!

大家举着火把,眼巴巴地瞅着他消失在黑暗里……

可是过了不一会儿,正在大家要离去时,突然远处传来一阵呼喊声、扑打声。那尖叫的声音简直像两只巨兽在厮打、受伤时发出的吼叫一样,在黑暗的夜空里弥散着,可怕极了……大家向着喊叫的地方跑去了。

原来在玉米田里,有两人紧紧地拧在一起,滚倒了好大一片秋玉米!

大家围上去,他们还在滚动着,一个揪着另一个的头发,一个卡着另一个的脖子。衣服上沾满了泥土和鲜血,脸上也流着血,那血不知是流自鼻孔还是嘴巴……大贞子第一个认出其中的一个是三来,大叫了一声。

大家用力将两个人分开。那个陌生的人歪歪斜斜地站起来,还想往玉米垄里钻,三来躺在地上,用嘶哑的嗓子喊:"他是三老黑!"

三老黑一只耳朵流着血,一条腿也跛了,可还是虎视眈眈地看着周围的人。

大家把三老黑绑了起来。

三来长长的分发已经被扯掉了五分之一左右,身上也受了好多处伤,只得抬着走了。担架是用大贞子和另一个人的木棍穿到两件衣服袖里做成的。大贞子自告奋勇地争着抬三来,说:

"三来是个英雄!"……

十一

当天夜晚,大家在菜园里决定了两件事:把三来送进医院里,把三老黑送进公安局。

三来本来不能动了,奇怪的是喘息一会儿,能够歪歪扭扭地走路了。他说:"我不进医院,我就在这儿了!反正没有内伤,擦点紫药水就好了!"

大家见他十分固执,就只好依他了。天傍亮的时候,大家押着三老黑到公安局去了……

大贞子让小霜回去取药水和纱布,让三喜到河里弄几条鱼来。她自己给三来洗了脸,把他抱到了铺子上。

哈一直看着三来,看着他洗去血污,躺在铺子上……三来像不懂事的睡迷糊的孩子一样,大贞子怎么搬他,他就怎么躺,全凭她拨弄去。他闭着眼睛,像睡着了一样。

大贞子摇摇他:"睡了吗?讲讲,你怎么就逮住他了呢?"

"我——"三来用带血口子的手搓搓眼睛,啜嚅着,"我恨老混混呀,我成天在园子四周转着。可我不敢帮你赶开坏人……"

"你那时胆小。"大贞子声音轻轻地说。

"嗯。"三来点点头,"这晚上,我在庄稼棵里转着,也听见了园里的喊声,急得直搓手掌。后来一片火把亮起来。我才放心了……一会儿,有个人从菜园那儿跑过来,我一下就认出是三老黑,一把抱住了他。"

大贞子说:"你真行!"

"也不知怎么就抱住了。他会功夫,可我两手扣紧了，不让他离身，他就使不出功夫！他那两只手也厉害呀，好几次扣到我的肋骨里，我疼得要昏过去，可还是不松手！他咬我，你看，腮上这道口子就是他咬的。我也咬他，我咬他的耳朵。他抱住我，发疯似的滚动，像要把我碾碎似的。我不知和他压倒了多少玉米棵棵。你看我脖子上的血道子吧，这都是玉米叶子割开的……可我咬紧了牙，就不松手！我想起了好庄稼是怎么被他们糟蹋的，你是怎么哭的——你哭起来和小孩子似的——我对不起你呀！我咬着牙，就不能让他跑掉！我想我三来今夜索性就做一遭真正的男子汉吧！……"

风呼呼地吹着，满园的叶子在"唰唰"抖动。芦青河的浪涛大起来，哗啦啦拍打着堤岸，在辽阔的夜色里回荡。哈注视着渺远的星空，鼻子，指向那颗最亮的星星……

大贞子听着三来的叙述，两手托着两腮静静地坐着，泪水顺着两颊不停地滚落下来……她用力地抹着腮上的泪珠，说："三来，你真像个男子汉，像……"

她伏下身,那么温柔地看着三来。三来大约是累了,这会儿轻轻地闭上了眼睛。大贞子看着他的眉毛、眼睫毛,看着他的嘴——这原来是一张有着棱角的、倔强的嘴啊!她又看他的额头,突然觉得这眉宇间有着一股英俊之气……她心中涌来了潺潺流动的热流,心跳得急起来,四下里飞快望了几眼,然后低下头,轻轻地吻了吻他的眉心。……

三来哭了!他肩头耸动着,全身颤抖,一瞬间像个小孩子。他两手扶住大贞子的肩头说:"大贞子,我永远……记住你!你是个最好的人——你和我好起来吧!你要是拒绝了,我三来趁这身伤势也就死了……"

大贞子害怕似的离开了铺子,站在了几步远的地方。

三来一下子坐起来,一种渴求的目光定定地注视着她。

她说:"三来,你能告诉我——你为什么那么怕老混混吗?"

三来像一株霜中枯蔫的茅草,一下子躺倒了。

大贞子走上来,用手抚摸着他的脸,说:"你有什么可怕的!你不怕三老黑,你都是个英雄了,你偏要怕老混混!你不是要做个真正的男子汉吗?"

三来的眼里含着一汪儿泪水,声音颤颤地问:"我说了,你还能和我好下去吗?"

大贞子点点头。

三来又呜呜地哭了起来,他把细长的手掌盖在脸上,一丝一丝地往下滑脱着。当手掌从嘴巴上拿开的时候,他突然止住了哭声。他坐了起来,抹一抹泪花,问:"你知道龙口林场丢失木材的事吗?"

大贞子点点头。

三来说下去:"那就是老混混勾结三老黑一帮人干的!有一天晚上,风很大,芦青河的浪头有好几尺高。他们把木头扎成了排子,要推下河去,硬让我去帮忙。我知道这是犯刑事的……"

"那你怎么还干——你干了吧?"

"我……唉!老混混说:'干吧,以后五百块钱一笔抹。'我心一动,就干了……唉!"三来的手掌又盖住了脸庞。

大贞子咬着嘴唇,一声不响。

"后来,老混混怕我说出来,就吓唬说:'火了,我找公安局投案去——我早晚要投案的。我一个人过得好苦,没家没业,早就想找个吃饭的地方了——我捎上你,怕不怕?你可是年轻,进一次大狱,一辈子就完了,媳妇也甭想娶上……'"

"你就记得娶媳妇!"大贞子气愤地喊了一声。

三来气愤地捶着自己的腿:"我多傻,就信了他这一套,以为他真要'找个吃饭的地方'呢……"

大贞子坚决地说:"去告发他,正好三老黑也送进了公安局!"

三来定定地望着大贞子说:"不会抓起我来吧?"

"你这是立功赎罪,不会的——万一抓了你,我也等你回来……"大贞子的声音慢慢低下来。

三来躺下了。他响亮地说:"看我的吧!"

"怎么看?"

"我去告发老混混,也去告发我自己!"……

小霜取来了纱布。大贞子给三来包扎起来。

三喜提回了鱼,蹲下来烧着鱼汤。火焰很旺,一会儿鱼的鲜味就出来了。鱼味儿,还有徐徐吐出的气雾,给洒了一片霞光的园子添上一种温馨可亲的气息。三喜捅着锅下的火,对铺子里的三来和大贞子喊道:"鱼是鳝鱼,讲究大补的!"……

十二

由于三来的有力证明,三老黑在公安局里全部招认了。他和老混混的关系以及他们骚扰河两岸的新生活、偷盗国营林场木材的罪恶行径,全部暴露出来了。

几个主要罪犯很快就被逮捕了,老混混也在其中。三来主动揭发,且又生擒歹徒,属于有功之列。

三喜是亲眼看见怎样逮捕老混混的。他兴奋地到菜园里告诉了大贞子,大贞子一声不吭地听着。三喜说:

"老混混正在铺子上仰面大睡呢,去了两个公安战士,亮出了手铐。他忽地爬了起来,骂咧咧的,还拔出韭菜刀子,说了一声'看刀',像上一回在菜园里那样,扔了出去……他原来是使惯了'飞刀'的。我估计,他是要罪加一等的。"

"为什么呢?"

三喜反问:"你知道扔刀那叫干什么吗?"

大贞子摇摇头。

三喜严肃地用食指往地下一指。

"那叫'拒捕'!"

大贞子点点头。三喜接着说:

"后来老混混带好了铐子,反而大笑起来,对四周围看的人说:'我老混混这回可找到吃饭的地方了!'……"

大贞子骂了一句:"这个不死的老混混!"……

曲有振的病突然好了——这是非常奇怪的。他听到老混混一伙被抓起来之后,两腿立刻觉得轻松了不少,结果抛了拐杖,从家里晃晃悠悠地走出来,直走到了菜园里,站在园子边大声地喊着:"大贞子——"

大贞子扛着木棍跑出来,笑吟吟地问:"你来护秋吗?"

曲有振摇摇头:"你护吧,你是好样的!"

"三来才是好样的!"

他一边往园里走一边说:"这个我知道……不过,我对三来还是不放心。他留个分头……"

"让他剃个平头就是了!"大贞子爽快地说。

曲有振没有做声。他摇着头,慢慢进了园子。

大贞子点了火,为父亲烧一点汤喝。她连连叫着哈,一蹦一跳地走过去。哈被主人的情绪感染了,也高高地跳起来,嘴里"呼啊呼啊"地喘息着,和大贞子逗着玩。哈真是一条懂得人间情理的好狗啊!

傍晚的时候,三喜和三来又进了菜园。三来见了曲有振,转身就想走开,却被大贞子喊住了。

三来有些腼腆地走到曲有振跟前说:"大伯好些了吧?"

曲有振端量着他,说:"你也好些了?"

三喜笑了。

三来看看大贞子,然后走到铁锅跟前,去搅动那锅汤。大贞子对父亲说:"爸,你看看三来有多么勤快吧!……"

曲有振看着铺柱上熄灭了的艾草火绳，认出还是一个月前他使用的那根。他吃惊地摘下来端量着，心想：大贞子夜间原来是不点火绳的！守夜不点艾草火绳，这似乎也是一件少有的事情了。不过他转念又一想，她不抽烟，园里又没有多少蚊虫，点火绳确实没有多少必要。可是她点篝火，她架上了小铁锅。这也是老年人和年轻人不同的地方啊。老人用手抚摸着四根光滑的铺柱子，默默地吸着烟。他望望对面那个小草铺子，铺柱上的艾草火绳也熄灭了。他想：那根火绳是永远也点不燃了吧！

哈转过来，依恋地把头搭在他的腿上，温柔地挪蹭着……曲有振用手抚摸着它后背上长长的毛，小声地说："老混混跟你叫什么？你不会记得了。他跟你叫'卷毛大猎狗'——那是讥讽哩！可你实实在在是一条好狗。我不在园里，你受苦了。我过去告诉过你，说在冬天里买肉骨头给你啃，那时候让你肥胖起来。现在还不行。现在还是出力的时候，我、大贞子，都用力做……"

哈点点头，摇着尾巴……

这个晚上，曲有振留下来一块儿守夜了。篝火点起来时，照例有好多年轻人聚到园子里。大家围着火苗儿谈笑着，有人定时到田埂上巡逻去。有人又把酒瓶儿对在嘴上。会捉鱼的捉鱼去了，会使枪的打野兔子去了……不一会儿，园里就溢满了鱼肉的香味。曲有振最受尊敬，人们给他敬酒，让他吃最肥美的烤肉。曲有振抹抹嘴巴说："这样护秋，不会瞌睡的。"

大家正玩得高兴，"毛猴王友"突然说："大贞子和三来呢？"

三喜狠狠地瞪了他一眼说："你不见他们巡逻去了吗？"

……

他们真的去巡逻了。他们的巡逻路线很长。他们牵着哈，走出园子，登上了河堤。河水在涌动，拍打着蜿蜒的堤岸，芦苇和荻草像波浪一样在月光下摇荡。大贞子扛着木棍大步地迈着。三来总要急急地走才能跟得上。三来一路上咕咕哝哝，每一句话前面都有"大贞子啊！"……大贞子自豪地挺着胸膛，抖着哈的锁链，说："哈，快走！……"

秋野的气味是迷人的。月光下的田野，无数的成熟的果实都在一片薄薄的黄沙下面覆盖着，更多了几分炫耀的意味！芦青河，多么美丽的河流啊！它在小平原上流过，滋润了这么一片好庄稼！河面上的雾气升腾起来，扩散开去，凝在高粱叶子上、玉米叶子上、谷子和大豆叶子上、红薯叶子上……碰一碰高粱和玉米，哗哗哗洒一身露珠儿；从豆子和红薯地里走过，裤脚很快就湿得水淋淋的了……三来说："我看，做什么也不如当个庄稼人。"大贞子说："庄稼人太苦了……不过现在开始有意思了！哈哈，老混混还想和我们联合承包呢，热闹不热闹死个人！……"说起承包的事，大贞子想起个事情。她停住脚步，问三来说："你和我们联合吧？"

三来摇摇头。

大贞子气愤地说："联合！"

三来又摇摇头。

他望着天上的星星，自语似的说："我还不配。等等吧，我非亲手做出一块好庄稼不可！到那时候，咱们再联合！"

大贞子没有做声，停了会儿，她用木棍轻轻地捅一捅他说："真是个'男子汉'啊！……"

田埂上，开始出现一些身穿蓑衣的护秋人了。他们有的生疏，有的熟悉，全都瞪起眼睛看着牵狗的两个人。大贞子喊着："我是大贞子，他是三来！"三来不让她喊，她反而唱起了"年轻的朋友来相会"，把手里的木棍当个矛枪，随着歌儿的节拍向前一捅一捅……

他们往前走着，身上差不多被露水全打湿了。三来说："该穿个蓑衣来。"大贞子说："像刺猬一样！"三来不同意地说："我看了个电影——不记得名字了——女的全穿了蓑衣！你不知那个好看呀，当时我坐在下面想：哪一个做媳妇都是好媳妇，啧！啧！……"

大贞子用棍子轻轻敲了一下他的拐肘，他才闭了嘴巴。

他们往回走了。老远地就望见菜园上空那飞动的火星儿，他们知道篝火烧得很旺，一齐向着园子跑了起来。

曲有振已经在向着田野呼唤了："大贞子——回来——！"

大贞子和三来跑着，哈也跑着。三来听到喊声对大贞子说：

"你爸这个人，思想还是不够解放啊！"

十三

曲有振再也不愿离开菜园了。三喜等年轻人也留恋着园子。夜晚，大贞子和三来坐在人们中间，反而没有多少话了。大贞子的脸色通红，总是闪着光亮。三来的分头剪成了平头，因而曲有振也和颜悦色地对他说话了。

大家说着故事，"毛猴王友"自然成了重要角色。他讲了那么多鬼怪故事，护秋的人很愿听，听了又害怕。生怕在田埂上遇到那种事情。不过故事中遇到的姑娘都那么美，并且大多主动地对小伙子表示好感，年轻人听了是十分惬意的——虽然听到最后，她们往往是狐狸变的,但大家并没有因此而懊丧。"那么好,狐狸变的也值得啊!"有人说。

大贞子说让三喜讲——她眼里,稳重诚实的三喜该有更真实的故事——可惜三喜没有,他开口只是讲他的朋友老得。老得是个可以见到的青年农民诗人,因而大家产生了另一种兴趣。很快,大家都了解老得了。曲有振对三喜说:"你不能请老得来咱园里看看吗?"三喜说:"我的好朋友,怎么不能?能的!"

在"毛猴王友"讲故事的时候,大贞子常叫上三来去巡逻。他们像永远不知疲倦似的,在田野里转了一夜,两双眼睛还是那么明亮!

有一个晚上,大贞子和三来从田野回到园子里,天就要亮了。三喜和一群年轻人见他们踏进园子,就惋惜地拍打着膝盖。他们一问,才知道是诗人老得来园里玩了半夜,刚离去一会儿呢。

老得和大家一块儿吃烤兔肉、喝酒,还有一锅炒刺猬。不过他不怎么吃鱼的——要知道他是打鱼的人啊,早不稀罕鱼了。他听了大家讲的护秋的故事,知道了老混混和三老黑被抓走的经过,竟然十分激动,两眼直直地盯住一个地方,嘴里发出"啊!啊!"的感叹,当场做了一首诗呢。

大贞子连忙问:"什么诗呀?"

这可很少有人回答上来,于是大家都把目光投在三喜的脸上了。三喜咳嗽一声,往前迈一步,用食指朝脚下的泥土一指,吟唱道:"……大滴的汗珠往土里落／如今要过新生活／夜里护秋真英勇／要保卫神圣的劳动!……"

大贞子抛了手里的木棍,拍一下手掌说:"真好啊!多好的诗呀!……"

三来也喊:"好!"

大贞子说:"这……这些,诗里也能写吗?老得……"她想起了那一个个不眠的夜晚,想起了三来那满脸的血迹,想起了猎枪午夜震荡着天空……一滴泪珠从她的脸上滚落下来。她突然问三喜:"老得刚走了一会儿吗?咱追他去怎么样?"

三喜说:"试试吧!"他们——大贞子、三喜、三来,一块儿跑出了园子。三喜跑着,尽管脚下磕磕绊绊,嘴里喘息着,却还在不停地告诉自己:"老得,老得会等你们回来的,他是要赶到海上,赶上拉黎明这一网啊……"

他们一会儿就跑得满身大汗了。

东方,有一个人在急急地赶路。三喜喊道:"老——得——!"

那个人听到了喊声,赶忙站住了,回过身来望着这边。

可惜东方的朝霞太亮了些,像火一样红,迎着看去,怎么也没法望得清他的脸庞。他们只能望得见一个剪影。霞光勾勒出他一个清晰的身形。哦哦,大贞子和三来都看清了:老得细细的个子,很高很高;他站在霞光里,是笔挺的;他是听到喊声猛然站住的,头颅抬起,目光透过淡淡的晨雾向这边遥望;整个儿身影显得英俊挺拔、坚定而执拗。……他们几乎同时喊了起来:"老得——!老得——!"

那个高高的影子举起手来,有力地挥动。他挥着,挥着,然后转过身去走了……

大贞子和三来定定地望着那个身影。

三喜说:"他实在没有工夫转回来了。他是赶去拉黎明这一网的——这一网是最重要的,黎明网!……"

大贞子久久地望着那个身影,喃喃地说:"我没见过他,不过我觉得早就熟悉他的……"

三来也点了点头。

"让我用歌送送他吧!……"大贞子说着从肩上取下木棍,两手举着唱道:"年轻的朋友们,今天来相会!……天也新,地也新,春光多明媚!……啊!亲爱的朋友们,美好的春光属于谁?……"

那个影子终于融化在一片朝霞之中了……

三个人站了一会儿,若有所失地往回走去了。

这时候朝霞将田野映成一片金红。田野,秋天的田野啊,想象一下你涂了霞光的颜色吧,想象一下你涂了霞光的韵致吧!……雾在散着,乳白的、淡红的,飘飘成缕,缠绕在树梢、在青纱帐、在远处那淡淡的山影上。湿漉漉的香味在风中吹送,各种声音在田埂上回荡。一两句悠长的吆喝,一两声甜脆的歌唱……

离园子还远,他们就听到了那儿喧腾的声音。那是护秋人在嬉闹吗?在呼唤他们吗?好像是又好像不是。大贞子又想起了那一个个不眠之夜,那篝火,那猎枪,那蓑衣……她很想高声吟唱那首为守夜人写的诗,可她还背不上来。她只是大声呼喊着最末的一句:"'要保卫神圣的劳动!''要保卫神圣的劳动!'……"

哈在远处呼叫他们了。

大贞子喊着:"哈!哈哈哈哈……"

她是笑,还是呼应她的那个伙伴?没人知道。

一九八三年七月二十四日写于黄岛

附：

齐文化及其他

一本书／积蓄内力

  一部书先是有一粒种子植在心里，它会慢慢发芽和生长。这本书(《刺猬歌》)是十几年前起意要写的，因为笔力和心情，当然主要还是没有在心里长成大树，还不能收获，不能作为大材砍伐下来。要等它长大就需要耐心，就得等待，就得好好培植它。我写长一点的东西从不敢草率，不敢想到了、让一个念头激动了、触动了就写，而要让它在心里多生长几年。我现在有几个短篇在心里放了十几年了，有的长篇装在心里时间更久了，可就是没法写——不成熟。还有最重要的，就是完成一部作品所需要孕育的气象、蓄炼的内力不够，这是万万动不得笔的。作品放在心里，比写出来更安全，它存在心里会被自己多次挑剔，一遍遍打磨。

故事性／人性最曲折和最深邃处

我一直特别重视作品的故事性。我知道造成一部作品的粗糙和过于通俗的原因，主要是，首先是故事性不强，或故事老旧。别致的美妙的故事应该来自人性最曲折和最深邃处，只有这样的人性的展现，才能纵横交织出一段段绝妙的故事。失败的作品不仅不可能送给我们深刻的思想，更主要的是，它没有一个令人击节叹赏、让人耳目一新的故事。这个故事不仅要有一个好看的表层，而且要有一个精密的细部，要特别经得起咀嚼。讲述那样的故事难度很大，技巧应该是第一流的。杰出的写作者，必然是最会讲故事的人。当然，他们不太照顾那些格外迟钝的糙耳朵。

作家应耿耿于怀／给他时间

我们这一代人面临的问题够多的了，经历的也够多的了。受不了。还有写作，写了三十年，磨砺，上下求索，是不容易的。作家应更多地记住，应耿耿于怀。作家如果进入单纯的专业竞争，或者更等而下之，进入单纯的商业竞争，那样就完了。文学面对的是社会现实和自己的一颗心，是这二者。不然就会哼哼唧唧，为风头、为卖而写。单讲趣味和风尚吧，一股恶潮来了，有人会趴下，有人不会。人还是不能像草一样倒伏。一个作家就该坚持着，挺着，一直写下来。我们没有那么伟岸，但我们可以是很倔犟的。还有，作家对文学的爱应是刻骨铭心的，迷人的艺术总是从这儿来，只要给他时间就行，他有了时间就能办成一些事。

道德冲动／个性化的本源

在我们读过的几乎所有杰作中,哪怕是稍稍好一些的作品,它们冲动的本质部分、核心部分,仍然也还是道德冲动。缺少了这种冲动,首先不会是一个有文学创造力的人。这种冲动如果处于中心,其他各种冲动就会真正地交错复杂起来。这也是个性化的本源。如果强烈的道德冲动导致作品视野狭窄、只剩下说教和理念的一根筋,那也不是这种冲动的错,而是作家本人生命力孱弱的问题,这更致命。我们可以看到一直吊在"道德"和"苦难"这棵树上再也下不来的情形,看到这种尴尬,但那也不是"道德"的错。相反,作家的"道德冲动"不仅会激发,而且它直接就会以千姿百态的、各种各样的绚丽形式爆发出来绽放出来。

以半岛为中心／爱与知

我二十多年来以半岛为中心,一直在走和看。我一直叮嘱和告诉自己:要走了再走,看了再看。能力是一回事,我最害怕自己变得没有感情。写作这种事可没有那么简单,这不仅仅是一件室内的雅事和爱好。我既然写作,怎么会不羡慕强大的杜撰能力?但我更需要强大的爱与知,需要感情。广阔的视野、灵活的章法、天马行空的想象,所有这些,最后都是那些脚踏实地的人才能办得到。再美妙的杜撰技巧,一旦丢掉了现实的心,也至多走向三四流。

复杂的个性／人性的大层

有人认为某些小说人物个性太古怪、太复杂,层次太多,有时不那么好理解。从抱朴含章四爷爷(《古船》),到老丁文太(《蘑菇七种》)、秃脑工程师大脚肥肩赶鹦(《九月寓言》)、蜜蜡伍爷(《丑行或浪漫》),一路下来,特别是到了今天的《刺猬歌》,到了其中的美蒂廖麦唐童珊婆,一个一个都太古怪了,太神神道道了——好像作者只为了独特和触目惊心才这么写——我却不觉得是这样。人性的大层(鲁迅话)一旦深入了,必然复杂,层次纠扯繁多,它的内在部分是极独特极触目的——所以生活中有的好像是很熟悉的人,一旦露出(揭出)真相的时候,会让我们吓一大跳,原因就在于此。通常呢,大路的作品往往要按流行的风气去写,所以气味就差不多,比如一味的脏痞丑狠腻歪粗犷之类,其实都这样跟上去写,也就遮蔽了人性的复杂性和独特性。内心一开阔一放平,朴素点,就会发现人不是那么回事,人真是让咱大吃一惊啊。写作这种事,让爱冲动的浅薄人嚷叫起来是容易的,让自尊的方家、让时间认可并不容易。苏东坡说:"真人之心,如珠在渊;众人之心,如泡在水。"

闭关之力／浑然独具的气象

面对喧嚣的世相,要有"闭关"之力。这其实主要是蓄养内力,炼成自己浑然独具的气象。我深知道理如此,并想记住它。

人与大自然流畅自如地相处

人与大自然流畅自如地相处并不容易,可是这样下来,对生活就会有另一种理解和表达。岁月在我、在我们一些半岛上的人看来,其实不是这样:从书本上抄来,然后再复制到城里或其他人多的地方去,久而久之就像真的、像一种常态了。绝不是这样。在更广阔之地,人与自然万物的关系是怎样的?大抵就是这本书中写到的。这可不全是为了写一部"奇书",不是艺术手法,不是杜撰,不是风格需要。凭我的经验和观察，人在书斋中待久了，伏案久了，在会议场所和咖啡屋之类的地方待久了，见了动物和原野就会极陌生极胆怯，会视为"魔幻"什么的。中国民间文学常常充满了人与动物复杂纠缠的关系，这实在是自然的，具有坚实生活基础的。即便今天，只要是地广人稀之处，只要是自然生态保持得较好的地方，就一定交织了许多我书上写的这种故事。可见这就是大自然，是与人类生活最密不可分的真实。

背面的质地应该像丝绒

心里没有世界和现实，就没有诗。从纸上传来抄去的好词，还有学来的一些套话儿，最终筑不成诗。最能记住的是形象。具体的物，作为形象植在心里了，它们一想就跳出来了。"物"有无限的思想。情感有无限的思想。艺术的强大说服力，来自物，而很少来自直接的道理。所以作家注重细部和细节，特别是语言的细部腠理，因为只有让读者在这里停留和玩味，让其慢下来，才是真正意义上的文学。让读者随着急促的外在节奏匆匆而去的，掠一遍文字好像两耳填满了呼啸似的，怎么会是上品？这和网络电视上某些粗俗娱乐有什么区别？文学给人的是幸福，是陶醉，甚至不能止于有趣，更不能只图个大热闹，笑一场叫一场完事。它可以是黄钟大吕，可它背面的质地应该像丝绒。

意象 / 笔墨功夫

中国传统艺术特别讲究意象、变形、简洁、白描，等等。要做到这些，就需要极大地依赖笔墨，做到极精准的笔力，从而具备强大的表现力。在描绘和表述方面，细部、局部必须是逼真的，而大象却会因为变形而更加传神。意象，即象随意行，意不同象就不同。离开强大的笔墨功夫，民族艺术的继承几乎谈不上。寥寥几笔使描述对象活起来，栩栩如生，这就是简洁和凝练，这就是笔墨功夫，是民族传统。

我有这个意识,但不一定做得好。

飘浮到空中,或溢到内容之外

一直害怕自己无根,害怕中空。如果这样,技法探索就会变成"空降品"或"舶来品",而不是从自己的土壤上生长出来的。对应现实的紧张关系,一种最真实最切近的痛与忧,当然还有欣悦,所有这一些与文学觉悟紧密相连起来,才有可能往前走、走远。我在写作中,特别是长篇写作中,决不让形式感、让各种技法的实验和尝试飘浮到空中,或溢到内容之外。

只相信文字本身的魅力

作家也许不必过分埋怨时代和世界,因为对一个写作者来说,不是有这样的困难,就是有那样的困难，其实都差不多。关键还是个体的自信与平和，是自己努力的程度。那些嬉戏闹着玩的写作是既存在也需要的。它们冲荡流行喧声四起，也说明了生活一个方面的真相。它们和全部生活合在一起启发我、帮助我，这就不用说了；可是这种宽容和理解，并不能代替我对自己写作的苛刻。我要写作，就只能相信文字本身的魅力，我在别人的语言艺术中深深沉醉过，大概一生难忘——那更得相信这种沉醉、相信求得沉醉的方法和过程，等等。时代不是浮躁吗？那就用大定力对付它；文运不是无常乖戾吗？那就用最传统的劳作心对付它；时尚不是最浑浊最粗鲁吗？那就用清洁癖和工匠心对付它；势利客不是总盯着洋人和热卖场吗？那就用自家写作坊银匠似的锻造去拒绝和抵御它，心无旁骛。方法还有好多，我这里说说容易，做到很难。咱们的日子既长长的又短短的，大风吼啕的，不从头好好修炼怎么行？总之小书一本，无可夸耀，这里不过是说说心情而已。

文学给出的空间／文字凝固的美

如今，网络声像制品及各门各类娱乐多了，这对文学作品好像不是个吉音。事实上这么一冲，有一部分文学阅读也完了，基本上完了。这一来，自认倒霉的作家就只好觉得生不逢时了。不过事情还得两说，物极必反。文学当然能够存活，这个不必怀疑，大可怀疑的只是存活的方法；它存活的唯一途径，或说方法，肯定还要靠它与其他娱乐品的最大区别、它的本质追求。语言的迷恋癖们会找上文学，而且终生不渝。令人陶醉的语言艺术会让一个人，让生命，在更深处——在最隐蔽处领悟和沉潜一番。那才是大过瘾大快慰。文学给出的空间、人在这个空间里的作为，太独特太不可替代了，一旦经历了就不再忘记。被文字凝固的美无可比拟。所以作家如果更爱文学——深刻地迷爱，这才是文学继续生长的前提。作家对于语言病态般的苛刻追逐，应该不可避免。精准、一丝不苟、不向任何浮浅廉价的娱乐倾向靠近和妥协，不参与一次性变卖策略的共谋，是文学与整个消费文化分庭抗礼的本钱。能这样对待语言的，其实也能够对待灵魂。别的，比如责任啊，立场啊，对于真正优秀的作家大概是不必饶舌的，这是另一个话题了。可惜，要说作家应迷爱文学，这在今天也不容易……

阅读也可以说是最难的事

或许有人认为写难而读易，实在地说，能够读出一段文字的妙处、懂得文字之美的，并不是那么容易。这同样需要天分。以为读了许多书，或能组织起一段华畅的文字，就一定能懂文学了，一定是专家了，这是一种误解。一个人有没有幽默感、悟想力、对场景的还原力，有没有实际生活经验的支持，这哪里是上学和作文得来的？所以说我有时不是觉得自己不会写，而直接就是不会读。我深有感触的是，一方面阅读是最朴素的事，因为有这种天分的人很多很多，正是他们构成了"阅读大众"；另一方面阅读也可以说是最难的事，因为人没有天分，只靠学点文学原理是解决不了问题的。所以可以说，读得懂不同层面不同风味的小说，比写出好小说更难。

先锋小说的着陆／中国传统

任何时期，最优秀的写作一定是最具有先锋意义的，而不是相反。这是不需置疑的事情。问题是怎样的先锋？何为先锋？对西方或其他地域的简单模仿，不会是先锋。先锋应该植根于自己的土地，其强大的艺术说服力来自于本土，并由此持续和连贯地生长出来。我喜欢中国的传统，写意、白描、变形，是这些。离开了中国传统，哪有先锋？

第一次发表作品／伟大诗章

第一次发表作品,是一九七五年的一首长诗。我非常崇尚诗,到现在写了三十多年了。诗是文学皇冠上的明珠。大概只有音乐才能稍稍接近一下诗吧?心里瞄着伟大诗章,每次只能表达出十分之一也好。我记得自己十几年前就不自量力,想写一首英雄史诗,没有成。有人认为英雄史诗只能写智勇神武的超人,现在倒也不一定。

写作过程中的嗜好／纸和笔

我有时要听过一段时间的音乐再写。没有音乐的写作,对我多少就成了一件苦事。只有坐到桌前时,才要关掉音乐。

写小说从不用电脑,而是一笔一画写在好的、喜欢的稿纸上。用钢笔写出的文字，自己觉得比用圆珠笔的要好。涩涩的、含木浆较多的纸，钢笔，运腕，它们交互作用，发散出人的内力。小小的电脑荧屏太冷了，它容不下我滚烫的心。写文论之类，用电脑就行了。而且我从一九八七年就开始了电脑打字。

职业色彩／写作的速度

　　用来写作的专门时间不多。我不愿让自己的写作沾上太多的职业意味，因为那样的话，就是说职业气太浓的写作，不会产生真正的好作品。职业色彩太过浓烈，写得再好，可能至多也是二三流的。最好的作家应该是"业余的"，写作对于他应该是一次次难以遏制的、非得如此不可的冲动，是生命冲动的结果。谁能想象"职业化地冲动"，那会有多么可怕！写作一到了职业化，文字就会黏疲，就会无力和平庸。专业作家的时间不是很多吗？那就用来走和看，最好身上带足了书。作家应投入一些实际的事情，亲自动手干点什么，这样会将职业化的庸气洗去一些。我写作不慢，正经写时，一天两千多字没问题。

没有采风过程／感动放在心里

通常我没有为一部书去进行采风。我只是有了感动放在心里，该干什么干什么，不理不睬地让它自己生长。它在心里长不大，就不会是好东西。如果后来忙得把它忘掉了，等于是这颗种子在心里死了，那也没有什么可惜的，因为它不是良种。

小说的瓶颈／清爽的心

在写作上，我好像没遇到什么瓶颈。我一直或者说常常处于激动和冲动中，总觉得有无数可写的东西，只是在克制，在等待——等一个最好的状态再写。有时心里不清爽，也不敢动笔，担心把东西写浊了。我可以写各种生活，写最底层最粗陋之处，但不喜欢浊从心出。心里脏浊，那就全完了。

会不会同时构思几部书／一个世界

不会同时构思许多书，只要写，就要全力以赴地写好这一个。这个想象的世界，就会是我生活的全部，起码在一部书完成之前，我大致要在这个世界里生活。写完了，就等于重返现实人间。

看书／没有做笔记的习惯

一部打动我的书，我会一年或几年之后回头再看，不知看多少遍。我把最好的书放在一个专门的地方，不与一般的藏书混淆。这等于是我个人的"特藏部"。一般不做笔记，因为我不是学者；但是书上有些好的话，很绝的话，还是忍不住要抄下来。某一本书给我的特别感受，我是不会忘记的。它们有时是颜色，有时是气味，有时还是声音……

最近在看什么书／一些有趣的人

看多卷本的《名老中医之路》，和一些医案。已经是十几年后再看了。不是为了学习治病，而是觉得他们这些人有定力，有常性，求真理，人一纯粹，也变得无比有趣。还有一本写一位善使勾连枪的武士，其人生禁忌、德行、操守，都有趣极了。我们国家的那一茬老人、曾经出现过的专门家，真是令人崇敬。说到文学书，谁写的短篇也不如马尔克斯的好，我经常看。马尔克斯的书，特别是短篇，掩卷后常给人芬芳扑鼻的感觉。

《远河远山》的重写／自传色彩

这本书约十年前出版单行本,当时仅是上部,因为也可以单独成书。这个单行本印了多次,海外也出过。我一直想写它的下部,出一部完整的书。这个愿望终于实现了。现在以完整的形式在时代文艺出版社出版。

读者认为是我的自传色彩较浓的一部书,这主要指它写了一个在大地上漫游的文学少年的故事——许多青少年读者给我来信,他们想从此得知文学少年的路径和奥秘。这本书从第一版的一九九七年六月,到后来的不同版本几次印刷,印数已经较大了,所以这次能够畅销,主要是写了关于写文学少年故事的原因。写这样的故事,我当然十分投入。

文学作品的最高境界／不同的气象

谈到文学作品所具有的不同气象，这种气象还不就是味道、色彩，而是一种境界、气势、神采。作品的气象是各种各样的，有的野性，有的凛冽，有的放肆，有的悠远，有的傲岸……一个作家气象平凡，他的语言、个性也必然平凡。气象是孕育涵养而成的。气象的孕育有两个方面值得注意，一是看你如何处理与外在客观现实的关系。作家总要处在一定的时间单位之中，与客观现实相联系，他原有的个性很容易被外在剥蚀，所谓"环境塑造人"，这是与环境对峙的过程，它会影响到人的气概，进而影响到作品的气象。"以出世之精神做入世之事情"，所谓"不舍人间"的大情怀。真正做到这一点的人其实很少。第二个方面是指在孕育一个具体作品时，也要养成一个不同凡俗的独特气象，这往往是决定性的。一部作品能否成功，当然在于它的气象。

喜欢"异人"之作和"异人"

我喜欢读"异人"之作,在生活中也极喜欢交往"异人",并常常为生活中缺少"异人"而痛苦。事实上,这几十年里,我因为专心于和"异人"交往,而耽搁了许多大事,蒙受了较大的世俗层面的损失,在此不一一说了。我认为现代生活中的"异人"越来越少了,有的本来是,因为要得到众人谅解,也要装得与众人无异,结果要识别他们就变得十分困难了。好在"异人"总是天生的,这种装扮和遮掩最后也不会成功。再就是,"异人"代代不穷,他们是生命现象,他们只要生活着,一定会从各个方面暴露出来,比如他们要说话,要写书——他们写出来的书,让我如痴如迷。我一眼就能看出"异人"写出的东西,不论是古代的、现代的,也不论是文学书还是其他方面的书。总之"异人"之作味道内在,不可言说。"异人"的秘密保存在字里行间,历久难消。只要是这样的书,我会一读再读，忘记周围风景。我写作时，也专心于和心中的"异人"对话，所以会忘了周围风景。当代写作者中有"异人"吗？当然有，怎么会没有呢？不过许多读者是不认识"异人"的，常常将"异人"的书和平常的书比较，结果评论起来浑浑浊浊不知所云。

在我眼里，"异人"不仅在乡野，而是在生活中的各个方面，各种职业中都有这样的人，只不过由于职业的关系，有时"异人"会被表面现象给隐住了。他们不得不庄重矜持，有时还让人望而却步，其实内里是很有趣很古怪的人。中国的传统写作方法，最终也是来自生活本身。

信史所记／徐福的传奇

秦始皇派徐福到大海里寻找长生不老的仙药，而徐福把他骗了，带走了三千童男童女和大量财宝，一去不归的事，根本就不是传说，而是在中国的信史《史记》中实实在在记下的。从近年胶东半岛龙口一带，还有日本的考古发现上,也一再证明了这段历史史实。史书上还记下了秦始皇几次东巡,其中到月主祠祭月主的浩大场面,而月主祠古遗址,现在仍然在龙口市的莱山上,一切都清晰可见。我们小时候听的关于徐福和秦始皇的故事太多了,并于二十年前成立了"中国国际徐福文化交流协会",我到现在还担任这个会的副会长。日本、韩国和一些东南亚国家,都有这样的研究部门和学会、协会,出版了许多著作。沿着徐福当年出海求仙的海路出海的计划,一直都在我们的筹划当中。关于《史记》上的"三仙山"的确切位置,也一直是我们协会里许多学者探求和争论的问题,这种争论遍及大江南北。徐福当年出海探险的浩大船队和经历,远远早于和超过西方的哥伦布,所以这是个值得研究的大事件。我这些年有许多时间都花在这些活动上,还撰写和主编了一套几百万字的《徐福文化研究集成》,参与创作了获得文华奖的大型历史歌剧《徐福》。所以关于航海和找仙山的事,关于那一段秦始皇东巡的事,我写起来是十分自然的。这是一个大传奇大事件,对中国和东南亚地区的文化历史影响巨大。我将来也许会专门写一下。

不幸和爱／我们的难题

有一种感觉可算是中年人的觉悟。就这一点来看，我是同意笔下一个人物的看法的：这个世界上除了"不幸和爱"，还有什么呢？人们一天到晚苦苦应对的就是这两种东西。不想要"不幸"，可是我们人人生活中绝不会少这种东西；只想要"爱"——爱可爱的人和物、被爱。可是后一种东西虽然并不少见，但因此而产生的麻烦也多得不得了，于是就转化为了"不幸"——转了一个圈又回去了。我们人类就是在这个圈里打转，打上一生，一代又一代。我们要处理的难题不是随着世界科技的发展而变得少了，而是变得更多了。"不幸"更多，"爱"更多，最终当然还是"不幸"更多。"爱"越多，"不幸"越多，没有办法。

优秀作家的"挽歌气质"

作家,其中的一部分最优秀的,就是所谓的"挽歌气质"。这是一种赞扬。这不存在向后看的问题,而是写作者身上的"优秀"或"杰出"的成分多少的问题。

作家一虚荣又会忘了乡村

中国真正意义上的成熟都市极少——有传统的现代都市,少而又少,所以要写城市,大多模仿外国翻译作品。其实不是那么回事。外国气质用在中国大农村(城市)中,很是别扭。但是,作家一虚荣又会忘了乡村。所以两头都不靠。

作家是语言艺术的痴迷者

说到拥抱现实,小说中内在的、骨头而不是肉的部分,不光是紧紧的"拥抱",简直就是生死相依——可能一直如此吧。把小说写成报告,写成大字报和匿名信,那可不是文学。往往社会写作力量的自发的"文学表达",是很现实很社会的,但那不是真正意义上的文学。作家最重要的任务,就是写出真正杰出的文学作品,而非其他。真正的作家不是社会问题的直接传达者,而是语言艺术的痴迷者。这种痴迷者,又是社会中的勇者,因为他在这种痴迷的工作中已经表现出了极大的牺牲精神。

怀念现实和梦想中的某种英雄气概

现在的书越来越难写了,主要原因是作家已经被市场招安，被八面来风弄得心烦意乱了。其实每个时代都有一些问题，都要写作者去面对。写作者天生就是要面对一些不可能战胜的巨大难题的，关键是怎样去看待它们。在这样一个信息的、市场的、极为势利和多变的时代，写作者寻找一种生活方式和内心的明晰理性是极为重要的，有时甚至是生死攸关的。因为写作者是最敏感的人，对各种生存丑恶和人性弱点，对攀附无聊那一套是极其熟悉的。我不是说自己已经拥有了这种免疫力，拥有了这种明晰和洞察通达，而是说自己还差得远。所以我一直在寻找一种更永恒更重要的支持，比如万松浦那样的边地野林与大海，还有山区深处的沉寂与旧式乡情的温暖。我怀念现实和梦想中的某种英雄气概。白天黑夜都听到大海的涛声，有时还听到林涛的呼鸣。扑扑的浪涛有时就在枕边轰鸣，那种力量会一直推动人的身与心。它们当然是有能量的，可以让人恍惚中回到童年的莽林之中，让人在其中跋涉。支持我过去作品的内在力量到现在一直没有改变，但是随着年龄的增长，人可以更加自由无畏，可以更加放松和发力。

人的一切妥协，并不会变成希望。我信赖的东西变得更加集中，我长久以来的探索都积在了一个出口，这次等于是一泻千里。正是这些因素和变化，使我的写作与以往有所不同。

会呼吸的作品／气息在字里行间周流不息

其实作品可以分成两种：会呼吸的和不会呼吸的。前一种是活的，后一种是死的。读者因此也分成了两种，即能够读出这种呼吸的和不能够的。文学的杰出与否，其实皆赖于此。我知道这个道理，却不一定能写出会呼吸的作品，这需要一个漫长的训练过程。我写了三十多年，大约是二十多年前吧，才掌握了一点这个方法。一部作品的呼吸律动不仅决定了其长度和情节起伏、章法，而且还直接决定了它是否具有活的生命。中国艺术理论和写作美学中讲的那个"气"，其实就是在讲作品的呼吸。一呼一吸，就有了生命。高级的体育运动、书法绘画，更有写作，都是这个原理。语言"得气"之后才能运行,"气"一断就立即停止。这就是饱满的问题。强盛的气息在文章里,在字里行间周流不息,于是也就饱满了。如果写作中不能得"气",是压根不能写的,要写出来也一定是死板无趣之物。我这些年来的写作不可能全部成功,但作品却一直是能呼吸的、有生命的。

人生的入口／自然呈现

痛失林子!我有过许多梦想,我要从人生的一个入口进入这个梦想,这个入口就是小说。童年时代所生活的那一片无边的林子,与各种动物的交往,特别是我所见到的美丽海角,在今天想来都会引起一阵铭心刻骨的热爱和留恋。让人迷路的林子没有了,连同摘不完的野果和看不完的野物。那时我们只要进入林子,野物就一直会跟在身后,四蹄踏踏,边嗅边走;就连大鸟也飞飞停停追随而来。可见在飞禽走兽眼里,我们人类是最令它们好奇的一种动物,它们也在注视我们的生活，有时还要因为我们而感到焦虑、气愤和心寒。我常常觉得所谓的"灵长类动物"，也应该包括人。像这样的人与动物之间关系的探究和想法，今天即便是在儿童那儿也没有多少了，如果做一个成年人还要这般设计，那除非是痴人说梦。但我今天的书，是在说昨天的事实。我常待的万松浦及南部山区，水波一片，林密野性动物繁多，一再勾起的梦想竟会让我一时忘掉了身在何方。一种充实的连接四方的力量、大天真大希望，偶尔袭上心头。可是抬头四望，这梦想又被倏然打断，那时的疼与苦，还有惊愕，也非他人可知。我在诗里写道："心中有一杯滚烫的酒，眼里有一片无边的荒。"就这样，我把一切都写下来。这是我与动物和梦想纠缠不已的状态，它许多时候是无关乎艺术技法的自然呈现。

满身长刺而且目光温存

刺猬是我小时候最喜欢的、感到神秘和不解的动物之一。满身长刺而且目光温存,羞涩可人,行动似乎笨拙实则技艺超群。我饲养它的过程充满了不解,有时真的接近于传说和迷信。当地人都说刺猬有非同一般的神力,比如说它会通过"土遁"而神秘地消失。这是真的。有一天我找到一只大个的刺猬,回家时已是深夜,就把它反扣在一个筐子里,上面又压了大块的石头。可是天亮以后我掀开筐子发现是空的,而地面却是坚硬的且没有掘痕!即便在城市我也养过刺猬:放在干净的大盆里,喂它炸鱼或火腿肠,一点牛奶之类。它们的饮食习惯并不一样,性格和胆量也不一样:有的养了几天还怯于见人,有的后腿还揪在人的手里,却已经伸出长嘴找东西吃了!它们会像人一样侧睡,还会打出轻轻的呼噜。它的咳嗽特别像人,有一次我在一间果园小屋午睡,几次被一种老头的咳声弄醒,出来看了几遍都没有人,后来才知道是窗下草垛中的刺猬在咳。有一个看园人长期与一大窝刺猬相伴,已经与之结成挚友,他一拍巴掌它们就出来与他玩。

对人性的无奈／二十年前的人

说到无奈，其实更多的是对人性的无奈！全球无论如何，人还是人，人性都在那儿。当然，时代的确是变了。随着工业化、网络化时代的到来，随着离大自然越来越远，我们人类的确是变得更无趣了，这个是不必讳言的。人的小聪明是明显比过去多了，而在我的记忆里，即便是二十多年前还不是这样，那时的人比现在还是要淳朴一点吧。我想不出再过二十年，那时我们大家都更老了，面对这么多机灵狡猾算计到骨头的人士，我们还怎么过日子怎么应付。有人问我读不读当代人的作品，当然要读。我喜欢交往生活中的"异人"，只要是"异人"，我就能与之愉快相处，如果他们写作，他们的作品就会格外有趣。现在有的单位搞不好，文坛上缺少真正的好作品，种种原因固然是多方面的，但其中主要的一点，我看还是缺少"异人"。有的人披头散发，但那并不一定是"异人"。所谓的"异人"并不简单等同于"异类"，但也会包含这种人。总之他们会是极其个性极其质朴、心身俱异的奇才特能之士。

中年人已经毫不耐烦

一部在气脉中游走的小说，写作者会在它的一呼一吸中走笔。我不认为精心设计章法的小说会是成功的上品，因为这样一设计，准要伤气。气随意行，笔到气到，有些笔墨的转折完全不是理性的。我想也只有这样，才有真正意义上的结构。阅读如果不在一种气里，也难以读得懂文学作品。一般看看通俗故事还可以，读稍稍高级一点的文学就不行了。领悟诗意之美，这是人的一种天然的能力，这种能力一般会在一种不好的教育或时尚风气中遮蔽或丧失。作品中的气如果顺和足，就一定会是十分好读的。我认为一部书如果缺少别的优点，那么它好读是一定要好读的。一个人到了中年,一般的故事和趣味已经不让他振作提神了,只有极其非凡的什么东西才会让他动心——作为一个中年作者,我对不吸引人的东西已经毫不耐烦。

个人的语言与时尚的语言

这是个人的语言、文学的语言,而不是时尚的语言。涩与不涩,不同的读者会有不同的个人感受。其实在我来说,它已经太过流畅了,文学语言还完全可以比它再涩一点,这不但无妨而且还会有大的艺术收益。文学除了语言也许已经了无他物。语言就是一切。在我眼里,作家只要一息尚存,就要用银匠一般的心态来打造自己的语言,这本来没有二话。有人担心语言太过打磨就没有了生气和张力,那是十足的误解,因为匠气了也同样是功力不济。论一部文学作品,只要语言粗糙,其他即要免谈。一个时代、一个人,对于文学的践踏和污辱,更有误解,其实首先就是从语言开始的。我对文学献出的所有热情，也是从语言开始的。

人取了动物的名字

我一直这样给人物取名字，他们是从我生活中所来，是实际生活中近似的名字。同一个名字，在海边林子中是很朴实的，到了纸上就显得特别一些。同样的道理，他们在林子里叫了城里人的名字，也会是极不上口和别扭的。林子和海边的人的名字，更有生气，生长感强一些；而城里人，特别是读书人的名字，有时深奥费解得很，要查了书以后才会觉得好、才会明白。这并不高明。往往是这样：城里人的大号还不如小名好——本来是挺好的乳名，一到取了大号就不灵了。让名字的灵气保持到永远，这是我的愿望，它在书中实现了。

动物双目清纯

咱们的世界就是这样一天天变过来的,不以人的意志为转移。世界变得越来越泼辣了,而不是变得越来越羞涩了;它还变得越来越直接,胆大妄为之徒往往觉得生得其时,活得自在。名不正则言不顺,古代圣贤的话再对也没有。现在走在大街上,看看一些招牌的名字,你有时会觉得人是这样愚蠢而粗野,还不如动物。看看好的猫和狗,它们一尘不染,双目清纯,多么文雅!

大多数动物纯洁无欺

大自然可以让人的视野更开阔,让人超脱于狭隘的物质利益和繁琐的人际关系。动物是大大不同于我们的生命,也是许多方面与我们相似和相通的生命。它们的喜与怒,它们的思维方式,它们的心思与动机,都值得我们去研究。关于动物的内在素质,特别是它们心理精神方面的技能和特点的最新发现,总是使我格外向往。这主要不是好奇,而是引我想到更多的生命的奥秘。这样的事情会让我离开人的固有立场,去反观我们人本身。我觉得,一个敏感的、有心力的人,直直地对视一条狗的天真无邪的眼睛,就能悟想许多、学到许多。它们和大多数动物一样,纯洁无欺,没有什么杂质。这是生命的一个方面。它们的激情,大多数时候远远地超过了我们人类。我在林子里亲眼偷窥到一只豹猫,它当时以为是自己处在了阳光普照的林中草地上,就仰晒了一会儿,然后尽情地滚动玩耍起来。它那一刻,我想是多么高兴和幸福。它对于大自然,在那一刻肯定是满意极了。

  我过去和现在的生活中,大海一直是一个突出显赫的存在。我是在海边林子中长大的,所以没有比这二者给我的印象再深的了。它们的神秘与美,足够我写一生的了。写大海,不仅是追问历史,还有回忆童年，更有唱不尽的挽歌。离开了大海，我会觉得拥挤和逼仄。现代人破坏大自然，主要就是从破坏大海开始的，大概也首先会受到大海的报复。大海的伟大辽阔，一般人并没有认识，他们待在小小的陆地上，自高自大，坐山为王，是夜郎心态。我在大城市待得久了，夜郎心态就悄悄地出现了，这让我倒吸一口凉气。

人与动物是又斗争又合作的关系

我书中的某种关系和空间，对我从小生活的环境来说，是很自然的表现。十几岁之前我一直生活在海边丛林里，那时候记忆中是无边的林子，还有长长的海岸线，有伸进大海深处的大沙坝、长而狭的半岛和大海深处迷迷蒙蒙的几个岛。这些地方在我和童年伙伴的心中是神秘无比的，向往极了，一直想到有一天会去那儿探访个究竟。有的地方还真的去过了，那些经历一辈子都不会忘记。现在讲出当时的印象、一些记忆，没有多少人会信了。特别是城里的机关人、网络人、影视人，要让自己靠想象去还原那种场景，可能是非常困难的。我们难忘在无边的林子里迷路的绝望感和恐惧感，也难忘在岛上石礁过夜时面对一天又大又亮的星斗的奇特心情。动物多得不得了，它们与我们没有一天不见面，"它们"不是指家养动物，更不是指猫和狗这种经典动物。我们与它们之间在长期的交往之中形成了一种又斗争又合作的关系，我们和它们对园艺场林场、周围村子里的大人们的态度，有许多一致的方面。我们与它们多少结成了一种统一战线的样子。记得在教室上课时，有许多同学都在课桌下边的书洞里和包包里、口袋里偷偷放了小鸟和小沙鼠——特别是刺猬。记得我们同学当中有的没有按时来学校上课，最后搓着惺忪睡眼进门，告诉老师：昨夜一直在帮叔父捉狐狸，它附在婶妈身上闹了一夜。这些事无论是老师还是同学，没有一个不信。因为这都是经常发生的。黄鼬也能附在人的身上，这都是见怪不怪的事，每周里都有一二起。任何动物，无论大小，都有一些过人的神通，刺猬唱歌只是小事一桩。如果有人说这仅仅是愚昧，我是不会同意的。因为劳动人民其实是最聪明的人，大家既然都确信不疑，代代相传，并且又一而再再而三地亲身经历，我们就不该简单地去否定了。总之动物和大海林子人三位一体的生活，是几代人延续下来的一种传统。我写了这种传统，不过是等于在梦中返回了一次童年、重温了我的童年生活而已。

人与动物的浑然一体／寓言性与艺术手法

在生态保护较好的地区，在地广人稀的地方，这几乎是一种日常生活状态。差不多每一个人、每一户人家，都有与动物密切交往的经历。有一些奇异的事例并非是传说，只是我们很难解释罢了。无论怎么破除迷信，我都不会怀疑某些动物的超人灵性。这方面的故事、例子，我可以讲出许许多多。

现实的吸引／书院

有人以为现在的书院会完全和古代的书院接轨，会继承他们，这是极好的心愿，但却是难以办到的。可是有这个心愿就好，慢慢做，必会找到自己的道路。

现在有大学，有研究生院，他们可以发学位证书。现实的吸引下，绝大多数青年会在那里扎堆，至于怎样修自己的学问，那是另一回事。但是现代大学也不是万能之地，特别的传帮带、特别的学习，也不见得全要在那样的大学里。那里基本上是大锅饭。大学里开小灶也不是没有可能，但大批量生产更是他们的现实和出路。

书院要有自己的专门计划。这个计划不能太大，要内在一些，切实一些。要办自己力所能及的事情。这一点很要紧。千万不能虚荣。

文学以什么为参照算是边缘

"文学边缘化"一说,从来没有成立过。文学以什么为参照算是边缘?这句话其实从来不通。任何时候的文学也不能当饭吃,任何时候的文学也没有政治和权力的决定力,更没有法律条文的硬性服从性质。文学作品只是有时候读者多一些,有时候少一些而已——况且要看是什么作品,现在的通俗文学,我看读者就很多,比"文革"前后还多——难道能说"文革"前后文学处于边缘,而现在的通俗小说处于中心吗?说文学边缘化的,是逻辑不清。文学与生命的关系,从来没有变化过,只要有人类,就只能是这种关系,这是短促的人生根本来不及怀疑的事情。

大海的巨涌潮声就像强烈的脉冲

万松浦于几万亩松林之中,大海之侧,它有一种语言难描的伟大力量,这力量鼓动我支持我。林子里有万千生物,它们与我天天相处,几乎每时每刻都在向我叙说它们的故事。一个人类与大自然万物交织生存的浑茫世界,彻底地笼罩了我的心身。所以说,没有万松浦,就感受不到危机,也获得不到心力。午夜里,大海的巨涌潮声在我听来就像强烈的脉冲,正频频发射过来。

半岛上的半岛／一个梦

我不会忘记小时候生活过的那个环境:无边无际的林子,海边林地茂密,到处都是野物。那里是山东半岛上的半岛——胶东半岛,而我所写的这片神秘美丽之地，又在胶东半岛的西北部，像是伸进大海深处的一个犄角。那里过去是林深如海的，记得小时候没有人敢独自一人往深处走。我没有看到哪里比它更神秘更优美。可是这一切几乎在四十多年的时间里消失净尽。它只是活在我的记忆里。多少年了，我一直想写出这个记忆，它像我的一个梦。但我知道，要写出来，非要有五彩之笔不可，就像神笔马良的本事。而我远没有这种能力，所以一直拖下来、再拖下来。

形式探索花费心力

我一直认为自己是二十多年来在艺术形式的探索上，花费心力极多的一个写作者，从《古船》《九月寓言》到《蘑菇七种》《瀛洲思絮录》一路下来，乐此不疲。但我不愿从翻译作品中做简单的模仿，那不是成熟作家所为。根植于本土的生长，形式探索只是其中的一个组成部分，这显示了写作的力量。

《刺猬歌》在形式的探究方面仍然一如既往,那就是继续呈现生长的状态。形式上任何的固守陈旧,都会影响到内容的生气勃勃,最终沦为一个时期的下品。

一个十分艰难和愉快的过程

在一个想象的世界里过久了,有时离开也难舍难分。我走出门来,一眼看到面目全非的大海滩,马上一愣,沮丧不已:好像它昨天才变成这样似的。想象的这个世界就是我生活的全部,起码在一部书完成之前,我大致要在这个世界里生活。写完了,就等于重返现实人间。我还没有新的打算,因为每一部书的产生,都要经过很长时间的酝酿。这是一个十分艰难和愉快的过程,这个过程又开始了。

离开了土地,没有先锋的生长

任何一个民族一个时期的最好作品一定有先锋意义,这不要怀疑。在写作手法、文学观念方面滞后的创作,肯定不会是杰出的作品。真正意义上的先锋小说不是模仿,不一定是西方的先锋。有些所谓的先锋完全是刻意的模仿,是舶来品。必须根植于自己脚踏的土地。离开了土地,没有先锋的生长。

非畅销的写作是为了拥有更多的读者

西方全球一体化的风浪在不停地推波助澜,在这个风浪中,要呼吸这个时代的空气,每一个人都不可能不受影响,不可能不受感染。

很多人都说,只有畅销书才能够得到广大读者的认可、拥有最广泛的读者,为此,很多作家都在这样做。实际上还有更多的作家选择另一条道路,即为了获得更久远、更众多的读者。看文学史,无论是中国的还是外国的,现代的还是当代的,畅销一时的书说明不了什么。一部杰作,一般来说印刷数量也是重要的考虑、重要的指标。有人选择非畅销书的道路,不是拒绝读者,而是为了拥有更多的读者。这要拉长了时间来看。

从拉美到齐文化

国外的很多作品像《变形记》,是相对抽象的、虚幻的,影响比较大。有好多评论这样说。所谓的拉美文学爆炸以后,形成了文学的强势。的确,中国的作家受到了影响,也激活了当代文学的创作。但是这里有一个问题,很多杰出的作家可能自觉地解决了这个问题——受它的影响和启发可能,但不能跟着它的脚印往前走。立足于脚下这块土壤比什么都重要。具体到山东的作家,谈到齐鲁文化,就说儒家文化对他的影响。在他们血管里流动的最多的还是儒文化。其实中国的作家无论是反对孔孟还是赞赏孔孟,骨子里都是很传统的。这里还有一个问题:他们在谈到齐鲁文化的时候,很容易把齐文化和鲁文化合并,甚至用鲁文化来替代齐文化,他们谈的实际上是鲁文化,就是儒家文化,并没有谈齐文化。

儒家文化,大家都很熟悉了,比如仁义、君君臣臣那一些。齐文化就不是了,它的诞生地是胶东沿海。齐文化实际上是极其边缘、极其陌生的,是独立存在的文化。实际上今天对齐文化的理解和诠释并不多,这方面的作品作家也很少。齐文化,简单地概括一点,就是放浪的、胡言乱语的、无拘无束的文化,是虚无缥缈的、亦真亦幻的、寻找探索开放的一种文化,它很自由。

理解一部作品,就要理解文化,这是一个前提,即文化的土壤。要作为一种文化的背景去理解。每个人脚踏的土壤都不一样,我脚踏的这片土壤就是齐文化,或东夷的文化。从书中就可以发现,人对外部世界的幻想、疯癫的语言等等,就不奇怪了。齐文化滋生的就是这一类的色调和故事。

人们要注意齐文化，齐文化对这个时期的中国和世界是有作用的，是对它的一个很大的补充。有的人反复讲儒家文化对于当今的全球一体化有强大的互补作用，但很少有人谈到齐文化对于中国的现代化有什么样的作用。

齐鲁文化之不同／边缘和放浪

齐文化和鲁文化是不同的，但许久以来人们只称之为"齐鲁文化"，不太注重它们之间的深刻区别。面向大海，幻想多多，虚无缥缈，仙风道骨，这是齐文化。胶东半岛是齐文化的核心。这本书中商业活动的狂乱放肆，海岛开发的奇幻景象，民间风习的种种特异，都是基于这种文化。寻找长生不老药的事来自《史记》，这是中国的一部信史，而不是传说。鲁文化在中国是更正宗的文化，而齐文化稍稍边缘一些，也更放浪一些。

语言的角度／职业化的弊端

现在人们谈书，更多的是谈技法、思想、文化，这些固然很重要。但是我觉得一定要注意语言，要贴着语言走。文学是一种语言艺术，离开了语言的层面，什么都没有了。它的想象，它给你艺术的快感，思想的刺激，还有在思想上的抵达，都是通过语言。语言是最重要的一个因素。可惜，今天很少有人从语言的层面去感悟和理解。

通过语言进入作品。读起来才生动、跳跃，能感到快感、力度。比如说有时候我们传统的现实主义作品，当代的读者会不耐烦，语言也是问题。需要各种变化、跳跃和奇异的穿插。现代作品注意了短句，再一个是角度——语言也存在角度问题，也是有角度的。语言出现在视觉里，是有角度的，甚至有气味、有色彩。语言的色彩和气味很多人谈到了，但是角度还没有人谈到：语言词汇出现在视野里是有角度的，如果这句话的角度是四十五度,下一句仍然是,就成为一条直线了。如果角度能快速调整和变化,动感就强了,语言的舞蹈和狂欢就出现了。坚持高标准的文学写作,是从语言开始的。

一个职业的写作者,所谓的专业作家,每天做的就是写作、阅读,研究怎样把这件事情做好,就跟勤劳纯朴的农民一样。十年二十年的语言操练,非常自觉地锤炼,语言应该会搞好。但是也有一个问题,职业化的工作太久,会带来一个弊端,即语言变得黏疲。职业的弊端,比如说内容的苍白,精神的萎靡,感觉的迟钝和陈旧,等等。职业化的作家,凭着笔端的惯性就可以做得不错,所谓的笔下生花。难的是怎样超越职业,这时就要求助于行动,更多投入当下的生活,这样就会产生很多新的感触。新的事情会改变你原来的看法,改变书斋里的一些毛病。这时写出来的书,有可能就变成了一本新书,一本生气勃勃的饱满的书。

好看和难懂／自然和纯朴

作者考虑读者的时候很多，但在创作中一味地、不停地考虑读者是不正常的，那样就会限制自己创作的愉快、陶醉和自由。但是一点不考虑读者也不可能。有的书面临着两种读者，他们都会读下去：一种读者就是很自然的社会读者，他们不一定有漫长的阅读历史、很扎实的阅读功力和专业知识，只凭自然和纯朴，就可以看到书里大量有意思的事情，比如说动物的事，现实的冲突，爱情、背叛、欢乐、悲伤，摆在表面的东西就足够热闹了；另一种读者是很专业的读者，他们就更没有问题了，可以穿透热闹的表层到达深处，因为书中会有很多埋藏。一本好书，通常是好看、难懂。好看有时却肯定难懂，为什么？因为很多书必然是有非常丰富的阅历、有深度的作者写的，他们埋藏在书里的东西很多，要挖掘还要费工夫，门槛很高。

很多人对文学语言有一种误解

　　语言是最基本的，所谓思想、热闹、好读、人物等等，都是通过语言抵达的。比如教科书上反复讲好的语言应特别像生活中的语言，所以一直号召深入生活，跟老百姓学语言，学各种各样语言。用意非常好，但是说法太普通，太一般。进入文学写作的内部，从行家来说，绝不单纯是这个情况的。从虚构的作品来说，故事、人物都是虚构的，但不能忘记虚构从哪里开始——从语言开始，语言本身就是虚构的，这和生活当中的语言是完全不一样的。这要比生活中的语言还生动，还形象。好的文学作品的语言是杜撰的，或者说是虚构的，是经过作家个性化的、深刻的过滤之后的一种语言。就像高级过滤器，一种液体放进去，过滤出来就变化了，味道发生了变化。

　　很多人对文学语言有一种误解，要求怎么样更像生活中的语言，忘记了杰出的文学语言本身就是虚构的,虚构的目的是为了释放自己的声音。这样产生的声音没有任何人可以模仿和重复。因为模仿是暂时的,重复是一度的,不是长久的。

作品的客观与主观

一部好作品的要求非常多。纯文学的作品,语言是很重要的,也应该有好的故事,但是不能有裸露的思想。深刻的思想不能裸露在字面上,是内藏的、文字背后的。深刻的思想埋藏在整部书里,要读者自己慢慢发掘。好的文学作品,大致是客观的,而不是主观的,主观性很强的作品会排斥很多读者。但事物非常复杂,有时是悖论:有的作品写得非常主观,如托尔斯泰,不过也产生了很具体的、永恒的美。海明威的作品写得非常客观,当然是非常好的。一般来说,好的文学作品都是客观性很强的,作者超越,超然,超脱。

阅读／经典内外

文学书，我个人愿意读经典的，国外的经典、国内的经典。我喜欢把一个作家的全部文字尽可能都读一遍，有关他的文字也全部读一遍，这样对一个作家尽可能全部了解了以后，事件掌握了，把握了，读书可往前走一大步。无论怎样成熟的作家，都没有权利也不敢把自己隔离在经典之外。今天社会的读书，特别是年轻的这一拨人，给我个人的一种感觉，读了太多当下的快餐，把自己自觉不自觉地隔离在经典之外，这是非常不幸的；隔离在经典之外，不会成为好的作家还在其次，还会有更大的问题，如价值观、如思想的传承和理解，都会有问题。

再就是读的书要杂，要广博，不要完全读文学书。科技方面的书，都要读；读国粹，比如说看京剧，它能够代表我们这个民族的文化和思想结晶的一部分，所以要看。我在好多场合给人推荐屈原、李白、杜甫、陶渊明、苏东坡、韩愈这些书，他们都觉得是老生常谈。可是不读这些读什么？这部分书永远不会过时。

不能放弃的当代阅读

强调读经典，是文学阅读的主体部分，是时间留给我们最宝贵的那一块，不读非常可惜，那是非常可悲的。但是再了不起的中外名著，都不能取代当下作家的这一支笔，因为他们身上负载着时代，拖着这个时期的月光和阳光往前走，耳廓里吸收的是这个时期的各种嘈杂、喧嚣，所以当代作家的感受和表达是中外经典作家所没法产生的。如果遇到本国当下的好作家和好作品，千万不能放弃。

写作状态／电脑或笔

最佳的创作状态是能够陶醉的状态，比如哪部书写完以后，非常快乐，因其充分地表达了我自己，不可抑制地焕发出巨大的创作愉悦，那个时候可能是我最好的一种状态。

写作用笔也用电脑。最重要的作品，比如小说，是用钢笔写下来的。我愿意有一份整洁的手稿。为了提高书的质量，要找到通过手、通过笔刻记下来的感觉。中国字是大小脑、左右脑一起运作的过程、整合的过程。

有的东西根本就不在话下

当下的文学创作，非常活泼。加上网络，整个写作参与的人很多，发表作品的渠道也很多。很多人担心淹没很好的作品，那是很自然的，没有办法。不必过分地担心，任何事物都有两个方面，激活、混乱，这么多人参与，更容易产生杰出的个体。面对混乱不必惧怕，有的东西根本就不在话下。如果因为浮躁、因为各种各样的影响，写得很糟，以至于不能写了，那就不要写了。在这方面要顺其自然,乐观、坦然,同时要充满希望。

网上作品看的不是太多,我看屏幕有问题,不能看得太久。

等待时间老人/沉默者

有人批评中国当下的文学都是垃圾,一钱不值,这不必介意。但是有一点我确信,评论界的一部分人、一些读者、包括作家之间,对当代的中国文学的评论和认识肯定是有问题的。个人的视野、能力、判断力非常有限。要等待什么东西帮助?就是时间,这个最智慧的老人来帮助,才能弄得明白哪些作品、哪些作家的确是了不起的。独具慧眼的、特别有穿透力的高人存在,但他个人的声音太小,不够强大。况且,越是这样的人越不吵闹,甚至还会选择沉默。这种沉默的、有力量的人,我们轻易听不到他们的声音。杰出的作家作品还要等待时间的鉴别。今天对当代文学的认识、认知还有误差。

长篇，小说与诗

我发表的第一部长篇是《古船》。有人会以为我个人是最看重长篇的。其实我个人最看重诗，一开始发表的作品就是诗。但是后来发现小说可以更自由，表达更复杂的东西，于是更多地选择了小说这个形式。小说我更看重的是中短篇，但是人们的注意慢慢转向了长篇。

超出预想或达到预想

作家的写作完成之后，无非是两种感觉，一种是与原来的期望、设定还差得多，或勉强达到了预想的。还有一种就是创作结果超出了预想。

有人说我的写作来源于两个方面：一个是对过去

美好的回忆；另外一个就是对欲望、对外部世界的恐惧或迷茫。实际上写作中的表达会复杂得多：生命对外部世界全部的感触、感动，一次又一次的综合，对个人一次又一次的重复和肯定，所以它最终会复杂得多。即便是一种幻想的浪漫的世界，内里也常常是非常有现实感的，是对现实的撞击，与现实仍有强烈的对应关系。

阅读的耐心／没有文学之光的世界

真正意义上的纯文学作品，杰出的创作，能够存在并且一代代传承下去，靠的不是强迫的力量，而是它自身的无穷魅力。长期以来，所谓革命现实主义的阅读训练，使我们的审美走向单薄、简单和贫瘠。后来又是开放以来的泥沙俱下的阅读，什么快餐、无厘头，这部分东西进一步把我们与经典隔离，使我们很多人对语言的基本感受力丧失了，基本的阅读耐心也丧失了。

他们基本的好奇心为什么会丧失呢？比如说他们为什么对那些更放肆的编造，更粗糙的语言反而更愿意接近？好的作品读不进去，其要害不在于想象的生活不够陌生化和神奇化，而在于他没有进入文学的内部，没有进入作家的语言系统。有两部分人的阅读是津津有味的：一是放松的自然的阅读，因为这部分人生命中对文字魅力的需求是天生的；还有一部分人是专业能力非常强的阅读，他可以深入到文字表层之下，进入内部，这部分人往往会获得更多的东西，更大的快感。夹在这两种读者中间的，就是受到长期不正常阅读训练和影响的人，他们会有自己的阅读概念，会受到阻碍。

有一部分读者不是短时间，而是长达十年、二十年在荒谬的阅读环境里生活。有一个比喻，比如说一个人长达一年的时间在没有光的环境里工作，突然到了有光的地面，哪怕是很平常的一束光，他的眼睛都会致盲。我们如果是长达几十年的时间和真正意义上的文学阅读隔离了，就等于在没有光的环境下生活——在没有文学之光的、没有文学光亮的环境下长期生活，突然来到文学的世界里，哪怕是不太强烈的一束光，也会让人致盲。可是文学的世界是很正常的，它的颜色是正常的，它的光亮是正常的，它的存在是具体的。

一部分出了问题的、不可理喻的读者，长期以来生活在非文学的阅读空间里。

回到经典／结伴而行者

更多地回到经典，回到一个正常的阅读世界里。我们现在不光不读文学，就是对于其他文字，基本的感受力和鉴别力也丧失了，已到了不能够挽回的地步。

对美的东西已经麻木不仁，缺乏应有的感受和感知力了。这不仅是一般读者，一部分搞研究的人，也丧失了对文学语言高标准的要求。这不是一个耐心的问题，而是一个能力的问题。他们没有鉴别力，当然也就没有自己的标准，没有指标。没有指标的研究和阅读，再配合没有操守、完全市场化、圈子化的学术环境，其结果只能是灾难性的。所以说那些努力实践自己的写作高标准，和那些努力寻找好作品的研究者，应该是结伴而行。我对这样的人充满敬意。他们的数量也许不够多，但他们会具有感召力，会有历史意义。

为想象中的两部分人而写作

有人不考虑阅读。有人考虑，并为想象中的两部分读者写作。

一部分是为分散的大众，即很自然的阅读——因为他们生命里有一种很自然的对文学作品的渴望，其理解力和阅读力是与生俱来的，生命本身具有这种能力。这种先天的能力如果没有被破坏，是最可靠的。所以我们经常看到一个很有趣的现象：一个受过很少教育的识字人，可以为非常好的作品感动，如被鲁迅的作品所迷恋，找到所有鲁迅的书来读，甚至可以一遍又一遍地读《复活》《老人与海》，可以不停地读李白和杜甫。而这其中有一小部分进入了所谓的高等教育环境，所谓受了更好的教育之后，突然就丧失了这种能力，最基本的好作品也看不懂了。为什么？就因为脑子里装了越来越多的概念，半生不熟的学术问题，他自己原有的能力给破坏了。

第二部分就是为敏悟杰出者写作。这部分人无论怎么学习，怎么接受概念，怎么接受学术训练，也仍然能够进入作品内部的，能够保持自己生命中的那份敏感。这两种写作指向实际上是统一的，是一回事。放弃了第一种读者，就放弃了第二种读者。

中间地带那部分一定会往前走，如果走得好，可能归到第二部分。但更多的会一直待在中间地带，他们可以读快餐文学，极通俗的东西，不必细读文字，快速地掠过，获得自己的信息印象即可。这也是一种需要，也可以理解，也应该尊重他们的个人选择。

但一个作家就不同了，他必须不停地往前走，往前探索，一直坚持自己的高标准，这种标准永远不能降低。继续往前走的结果并不是读者越来越少，最后获得的读者可能很多。杰出的作家，愿望之一就是寻找到越来越多的读者。有的好作家基本上做到了，有的一生都做不到。作家害怕在漫长的阅读史上丧失读者。杰出的作家，无论是国内还是国外的，在刚开始的时候，也许不如垃圾文字拥有的读者多，但是五十年或一百年以后，还是他们拥有的读者多。

网上阅读／反射光给人的安宁

网上阅读普遍起来了。但是我认为，文学阅读更可靠更适合的方式，还是纸质印刷品。网上可以更多地获取资讯、信息，要读书还是要安静下来，找一个相对寂静的环境。荧屏是直射光，人的眼睛被击打和刺激，会让人不安，让人烦躁。人的眼睛花了上万年甚至更久才适应了反射光，在这种反射光下生命才能安宁，才能进入深刻的理解，回到放松的想象，葆有自己的捕捉力和创造力。

网络是一个了不起的传播方式，它带给我们很多的自由、方便，同时也带来了很多可怕的东西。网络上如果有文学作品，把它印出来再看，那样就把二者的长处结合起来了。如果去买一本书，直接阅读书，是多么幸福。

（2007年3—6月，文学访谈辑录）